수시전형

과학과제연구 소논문 쓰기

이성은 지음

북스힐

머리말

고등학교 과학과제연구는 “과학 시간에 배운 것을 실험으로 확인하고 궁금한 것을 더 알아보는 교과”입니다. 과학과제연구 수업 시간에는 자신만의 주제로 연구를 하고, 그 결과를 소논문으로 작성합니다.

과학과제연구 수업은 여러분에게 여러 가지 이유로 중요합니다. 만약 어떤 문제에 대한 해결책을 찾고 싶다면, 그 생각을 글로 정리하는 것이 필요합니다. 소논문 작성은 여러분의 아이디어를 정리하고 효과적으로 전달하는 연습이 됩니다.

과학 분야에서는 연구와 자료 조사 능력이 필수적이기 때문에 소논문을 통해 자료를 검색하고 분석하는 법을 익힐 수 있습니다.

소논문을 작성할 때 가장 중요한 것은 주제를 선택하는 일입니다. 과학과제연구 수업에서 학생들이 어려워하는 것도 연구 주제 정하기입니다. 관심 있는 분야나 진로와 관련된 주제를 선택하고 나면, 연구 과정이 재미있게 느껴질 수 있습니다. 수업 시간에 선생님이 제시하는 문제는 답이 정해져 있지만, 과학과제연구 수업에서 하는 연구는 그 결과가 어떻게 될지 알 수가 없습니다. 그 해답은 스스로 찾아야 합니다. 그렇기 때문에 연구를 위해서는 주제에 대해 깊이 공부하고 필요한 자료를 찾는 과정이 중요합니다. 이 책은 여러분이 연구 주제와 자료 찾는 방법을 익히는 데 길잡이가 될 것입니다.

이를 위해서 이 책은 먼저, 소논문의 개념을 정리하고 과학과제연구에 필요한 논문의 종류와 연구 방법을 소개합니다. 그 다음으로, 과학 분야에서 관심 있는 주제를 찾는 과정과 생성형 AI 활용 방법, 그리고 주제에 관련된 참고 문헌 정리 방법 등을 안내합니다. 이를 토대로 하여 연구 문제에 접근하는 방법과 그 예시를 통해 연구 계획의 기본을 익힐 수 있도록 합니다. 연구 문제와 관련하여 계획서를 작성한 다음, 실험 과정과 결과를 연구노트로 작성하는 방법을 설명합니다. 그리고 소논문 형식을 익히고 작성한 연구노트를 활용하여 소논문을 작성하도록 합니다. 소논문 예시에서는 학생들이 직접 작성한 9개의 소논문을 소개하여 소논문 작성의 노하우를 전달합니다. 에필로그에서는 대학원 진학을 계획하는 학생들에게 당부의 말을 전합니다.

소논문 작성은 여러분의 생각과 아이디어를 논리적으로 정리하고 표현하는 능력을 키워줄 뿐만 아니라 진로를 선택하는 데 도움이 될 것입니다. 고등학교에서 작성한 소논문은 대학 입학 수시전형 지원을 할 때 중요한 자료가 됩니다. 대학 입학 수시 전형에서는 학업 성적뿐만 아니라 학생의 잠재력과 학문 탐구에 대한 기본기를 평가합니다. 소논문은 여러분이 특정 분야에 얼마나 관심이 있고 깊이 있는 연구를 했는지 보여주는 좋은 증거가 됩니다

이 책은 과학과제연구 수업에서 하는 소논문 작성을 체계적으로 안내하여, 여러분이 연구 능력을 키우고, 대학 진학을 준비할 수 있도록 도와줄 것입니다. 이 책을 통해 소논문 작성의 기본기를 탄탄히 다지고, 자신만의 독창적인 연구 능력을 기를 수 있기를 바랍니다.

여러분의 성공적인 소논문 작성을 응원하며,

2024년 여름 이성은

목 차

소논문이란 무엇인가?

I

1 과학과제연구 수업에서는 무엇을 배우는가?

학생들은 과학과제연구 수업에서 관심 있는 분야의 주제 실험을 선택하고 이를 연구하여 보고서를 작성한다. 그 과정에서 연구 주제에 맞는 실험을 설계하고 수행한다. 실험 결과를 이용하여 결론을 유추함은 물론, 그 과정에 대한 보고서를 작성한다. 이것을 통하여 과학 교과서에 나오는 이론들이 어떤 과정을 거쳐 만들어지는가를 이해할 수 있다. 과학과제연구 수업 시간에 배운 내용은 대학교에서 물리학 실험, 화학 실험, 생명과학 실험 시간에 실험 보고서를 작성하는 데 길잡이가 될 수 있다.

2 논문의 종류

소논문은 학생들이 연구 과정과 그 결과를 정리하여 작성하는 일종의 논문이지만 연구 논문과는 구별할 필요가 있다. 이때의 연구 논문은 학문적으로 연구한 결과와 발견한 지식을 논리적이고 객관적으로 증명할 수 있는 것을 말한다. 논문에는 학술적 형식의 보고서와 학사, 석사, 박사 학위를 받기 위해 작성하는 학위 논문, 연구한 결과를 정리해 잡지에 내는 학술 논문 등이 있다.

학위 논문과 학술 논문

3 연구 방법

(1) 자연과학 연구 방법

자연과학 연구를 할 때에는 주어진 조건에서 실험을 하거나 계산을 하여, 변인들 사이의 관계를 유추한다.

연구를 할 때, 연구 결과에 영향을 미치는 요인을 독립 변인이라 한다. 이 독립 변인의 변화의 영향을 받는 요소를 종속 변인이라 한다.

종속 변인에 영향을 주는 독립 변인이 여러 개인 경우, 특정 독립 변인과 종속 변인의 관계를 알기 위해서는 나머지 다른 독립 변인들은 일정하게 유지되어야 한다. 이를 변인 통제라 한다. 실험을 할 때에는 이 변인 통제가 매우 중요하다.

독립 변인의 영향을 알아보고자 할 때, 그 독립 변인을 변화시키지 않은 경우의 실험과 비교를 해야 한다. 독립 변인을 변화시키지 않는 경우의 집단을 대조군이라 하고 독립 변인을 변화시킨 경우의 집단을 실험군이라 한다.

연구 과정에서는 실험 결과를 설명하기 위하여 이론을 제시하는데 자연과학 분야에서는 주로 수학 공식을 이용한다. 이론과 실험은 상호 보완적인 관계에 있다. 실험 결과를 설명하기 위하여 이론을 개발하면 실험으로 이론을 검증해야 한다. 실험으로 설명되지 않는 이론은 실험에 맞도록 수식에 항을 첨가하거나 새로운 수식을 만들어 실험 결과를 설명한다. 또는 현상을 설명하기 위하여 새로운 이론을 제시하기도 한다. 만유인력의 법칙과 상대성 이론이 그 예이다.

만유인력의 법칙은 질량을 가진 물체 사이에 작용하는 중력을 기술하는 물리학 법칙이다. 이 법칙은 뉴턴(Isaac Newton, 1643년 1월 4일 ~ 1727년 3월 31일)이 1687년에 〈자연철학의 수학적 원리, 프린키피아(Principia)〉를 통해 처음 소개하였다. 뉴턴은 이 만유인력의 법칙으로 행성들의 운동을 설명할 수 있었다. 그러나, 만유인력의 법칙으로는 수성의 타원 궤도에서의 근일점이 조금씩 움직이는 현상은 설명할 수 없었다. 아인슈타인(Albert Einstein, 1879년 3월 14일~1955년 4월 18일)은 1915년 상대성 이론을 완성하여 만유인력 법칙으로 설명하지 못했던 현상을 설명하였다.

(2) 사회과학 연구 방법

사회과학 연구를 할 때에는 양적 연구와 질적 연구를 주로 한다. 양적 연구를 할 때에는 실험 또는 설문을 통해서 자료를 수집하고, 그 자료를 정리할 때 통계 처리를 한다. 통계는 자료의 결과를 수치로 나타내는 것을 말한다. 모의 평가 문항의 정답률 조사, TV 드라마 시청률 조사, 경기도 지역 주민들의 하루 지하철 이용 시간 조사 등이 양적 연구 방법의 예라 할 수 있다.

질적 연구를 할 때에는 관찰과 인터뷰로 수집한 자료를 비수학적인 방법으로 연구 결과를 도출한다. 예를 들어, 학생에게 물리 문제를 풀게 하고, 그 과정을 관찰한 뒤 질적 연구를 한다고 해보자. 우선, 학생이 어려운 문제를 푸는 동안 어떤 기분이 드는지 물어보고, 그 문제를 풀었는데 답이 틀렸을 때는 어떤 기분이 드는지 인터뷰를 한 다음, 학생들의 답변을 녹음 또는 글로 기록한 뒤 분석하여 학생들의 성향에 따라 어떤 차이를 보이는가를 정리한다.

두 방법을 병합해서 먼저 양적 연구를 하여 명제를 얻고, 그 결론을 이용하여 질적 연구를 하는 경우가 많다. 경기도 지역 주민들의 출퇴근 시 지하철 이용에 대한 연구를 예로 들어 보자. 그 이용 시간을 양적 연구로 조사하고, 그 중 2시간 이상의 시간을 소요하는 집단을 대상으로 인터뷰하여 질적 연구를 한다. 집과 직장과의 거리는 얼마이고, 지하철은 몇 번 갈이타는지, 직장을 가기 위해 집에서 출발하는 시각, 퇴근 시 언제 지하철을 주로 이용하는지, 하루 수면 시간, 출퇴근 시간에 느끼는 피곤함을 해소하는 방법, 주말에는 시간을 어떻게 보내는가 등에 대해 조사 분석한다. 그러면, 출퇴근 시간이 2시간 이상인 사람들의 라이프 스타일을 연구할 수 있다.

(3) 연역적 연구 방법

연역적 연구 방법은 자연 현상을 관찰하면서 문제를 인식하고, 그 문제에 대한 가설을 세운 후, 실험을 하는 과정이다. 실험으로 얻은 결과를 분석하여 결론을 이끌어내고 일반화 과정을 통해 이론을 제시하게 된다.

예를 들어, 장마철에 날씨의 기온이 올라가면, 무덥다는 것을 느끼고 무더운 이유가 '습도가 높아서는 아닐까?' 하는 의문을 가지게 된다면 '장마철 기온이 높아지면, 습도가 올라간다'는 가설을 세울 수가 있다. 이 가설을 검증하기 위하여 장마철의 온도와 습도를 측정한 후, 그 결과를 분석하면, 장마철 기온과 습도의 관계를 유추할 수 있다.

(4) 귀납적 연구 방법

귀납적 연구 방법은 연역적 연구 방법과 마찬가지로 자연의 관찰로부터 시작하는데, 관찰 대상을 정하면 그 대상을 관찰할 주제, 관찰 방법 등 계획을 세우고 자료를 수집하여 대상에 관련된 이론을 제시하는 방법이다. 귀납적 연구의 대표적인 예로 다윈의 핀치 새 부리 관찰을 들 수 있다.

영국의 과학자 다윈(Charles Robert Darwin, 1809년 2월 12일 ~1882년 4월 19일)은 1831년부터 5년 동안 갈라파고스 제도를 여행하면서 여러 동식물을 관찰하였다. 갈라파고스 제도는 섬의 위치에 따라 기후와 환경이 다양한 지역이다. 그런데, 그곳에 사는 핀치라는 새의 부리 모양이 섬마다 다른 것을 발견하게 된다. 그는 이를 계기로 갈라파고스 제도의 지형과 기후 특성, 환경, 관련 자료를 조사하고, 핀치에 대한 관찰을 통해 핀치의 부리와 먹이와의 관계를 인식하게 된다. 이에서 진화론이 탄생하였다. 다윈의 진화론이 나오게 된 과정은 귀납적 연구의 대표적인 예이다.

갈라파고스 제도

(5) 문헌 연구 방법

문헌 연구 방법은 한 가지 주제에 대한 연구 결과를 담은 기존의 논문들을 분석하는 방법이다. 연구의 경향성을 알아내고, 연구들의 관계를 파악하여, 새로운 연구 방향을 제시할 수 있다.

III

연구 주제는 어떻게 정하는가?

연구 주제는 관찰, 조사, 실험을 함으로써, 알고자 하는 것이다. 평소 일상 생활 중 어떤 문제를 인식하거나 새로운 발견을 했을 때, 그리고 최근 이슈가 되고 있는 현상이나 궁금한 것이 생겼을 때 그것을 연구 주제로 삼을 수 있다. 연구 주제는 주어진 공간과 시간의 환경에서 연구가 가능한지를 고려해야 한다,

공식적인 논문은 보통 대학원이나 연구 기관에서 작성하게 되는데, 대학원에 입학하여 석사 과정, 박사 과정에서 논문을 쓸 때에는 먼저 지도 교수와 상의하여 연구 주제를 정해야 한다.

연구 주제는 처음부터 구체적으로 정하기 어렵다. 관심있는 분야의 '키워드'를 정하고 검색하면 관련 주제나 선행 연구로 어떤 것이 있는지 알 수 있다. 예를 들어, 최근 팬데믹 현상으로 관심이 높아진 항바이러스 또는 항균 효과가 있는 물질에 대해 알고 싶다면, '항균 효과'가 연구 주제의 키워드가 될 수 있다. 그 키워드로 검색을 하면, 다양한 자료를 볼 수 있고, 그 자료들을 바탕으로 하고 싶은 연구를 계획할 수 있다.

1 관심 있는 과학 교과 중요 단어로 주제 찾기

과학은 물리, 화학, 생명과학, 지구과학, 이렇게 네 영역으로 나눠진다. 과학 교과서의 '운동과 에너지'는 물리, '물질'은 화학, '생명'은 생명과학, '지구와 우주'는 지구과학 영역의 단원이다. 과학 시간에 과학 교과서에 나와 있는 내용을 보며, 직접 실험을 하고 싶다는 생각을 해 본 적이 있다면, 그 실험을 해 보는 것도 좋은 연구 주제가 될 수 있다. 각 영역의 내용과 연구 관련 단어는 다음과 같다(2022 개정 교육과정 참고)

• **물리 영역 내용**

> ・힘과 에너지 : 평형과 안정성, 뉴턴 운동 법칙, 일-에너지 정리, 역학적 에너지 보존, 열과 에너지 전환
> ・전기와 자기 : 전기장과 전위차, 축전기, 자성체, 전류의 자기 작용, 전자기 유도
> ・빛과 물질 : 중첩과 간섭, 굴절, 빛과 물질의 이중성, 에너지띠와 반도체, 광속 불변

- 물리 영역 연구 관련 단어 : 속도, 가속도, 중력, 마찰력 크기, 충격, 단열, 열전도성, 비열, 열용량, 신소재, 정전기, 자성, 자기장, 초전도체, 반도체와 다이오드, 아두이노, LED, 레이저, 모터, 발전기, 전자파 차단, 방사선, 전자레인지, 플라즈마, 센서, 무선 충전기, 무선 통신, 편광, 거울, 빛의 반사, 렌즈, 빛의 굴절, 전반사, 방음, 초음파, 데시벨, 백색소음, 공명, 엔트로피, 자동차 타이어와 노면, 제동 거리, 전기 자동차, 공기의 흐름, 로켓, 압전소자, 건물 구조의 안전성

• **화학 영역 내용**

> ・화학의 언어 : 화학의 유용성, 몰, 화학 반응의 양적 관계
> ・물질의 구조와 성질 : 전기 음성도, 공유 결합의 극성, 루이스 전자점식, 전자쌍 반발 이론, 분자의 구조

· 화학 평형 : 역 반응과 동적 평형, 평형 상수, 평형의 이동
· 역동적인 화학 반응 : 몰 농도, 물의 자동 이온화와 pH, 중화 반응의 양적 관계

- 화학 영역 연구 관련 단어 : 이산화탄소, 치약, 아스피린, 산성, 염기성, pH, 밀도, 농도, 촉매, 광촉매, 발열 반응, 흡열 반응, 산화 환원 반응, 발광 반응, 반응 속도, 철의 부식, 전해질, 전기 분해, 페트병, 미세플라스틱, 바이오 플라스틱, 자외선 차단제, 손소독제, 악취 제거, 전지, 태양 전지, 연료 전지, 계면 활성제, 비누, 정수기, 소금, 염화칼슘, 제설제, 폐기물의 활용, 수질 오염, 천연 접착제, 표면장력

• **생명과학 영역 내용**

· 생명 시스템의 구성 : 생명과학의 이해, 생명의 구성 단계, 물질대사와 에너지, 사람 기관계의 통합적 작용, 대사성 질환, 용존산소량, 생태계의 구조와 기능, 개체군의 특성, 군집의 특성
· 항상성과 몸의 조절 : 뉴런의 구조와 기능, 신경 자극의 전도와 시냅스 전달, 신경계의 구조와 기능, 내분비계의 특성, 항상성 유지 원리, 선천적 · 후천적 면역, 항원 · 항체 반응, 백신의 작용 원리
· 생명의 연속성과 다양성 : 염색체의 구조, DNA와 유전자, 생식 세포의 형성과 의의, 진화의 원리, 생물 분류 체계, 동물과 식물의 다양성과 계통수

- 생명과학 영역 연구 관련 단어 : 미생물, 세균 배양, 천연 항생제,

항균 효과, 살균 방법, 소화 효소, 카페인, 심박수, 혈압, 교감신경, 시력, 피부, 녹조 제거, 세포, DNA, 광합성, 곰팡이, 이끼, 지렁이, 해파리, 달팽이, 초파리, 물벼룩, 해조류, 공기 정화 식물, 빛공해, 식물 생장 호르몬, 스트레스, 계면 활성제, 천연 살충제, 치아 미백제, 단백질 분해, 비말, 커피 찌꺼기, 음식물 쓰레기, 친환경 비료

- **지구과학 영역 내용**

· 대기와 해양의 상호 작용 : 해수의 성질, 표층 순환, 심층 순환, 수온과 염분, 일기 예보, 이동성 고기압과 저기압, 악기상, 용승과 침강, 남방진동, 지구 온난화, 미세먼지, 기후변화 요인
· 지구의 역사와 한반도 암석 : 퇴적구조와 퇴적암, 화성암, 변성작용과 변성암, 변동대, 지사 해석 방법, 상대연령과 절대연령, 지질시대의 환경과 생물, 국가지질공원
· 태양계 천체와 별과 우주의 진화 : 태양계 모형, 행성의 겉보기 운동, 일식과 월식, 별의 물리량, 별의 진화와 H-R도, 은하의 구성과 분류, 우주의 팽창

- 지구과학 영역 연구 관련 단어 : 지구 온난화, 열섬 현상, 장마, 집중호우, 태풍, 해수면 상승, 기후 변화, 강수량, 산성비, 태양계, 달 관측, 인공 위성, 화성, 우주 쓰레기, 소행성, 대기권, 성층권, 지구 자기장, 우주선, 천체 망원경, 광물, 석회암, 화강암, 토양 풍화, 화석, 퇴적물, 단층, 지진

컴퓨터 프로그래밍을 이용하여 데이터를 분석하거나 인공지능을 개발을 하는 분야는 수학, 과학 또는 공학과 밀접한 관련을 맺고 있다. 입자 물리 실험을 하는 연구자들은 프로그래밍을 이용하여 입자의 붕괴 또는 입자의 충돌 결과로 나오는 입자들의 데이터 분석을 한다. 입자 실험 연구자들은 빅데이터와 관련된 다양한 분야에서도 일을 하는데 주가 예상을 하거나 기업체의 제품 판매 물량을 분석하여 생산량을 결정하는 데 중요한 역할을 한다. 인터넷 쇼핑몰에서 쿠폰이나 할인 제품 목록을 고객에게 문자나 메신저로 공지하는 것도 판매 물량에 대한 빅데이터 분석 결과에 의한 것이다. 알고리즘만 잘 만들면 문자 메세지를 보내는 것도 자동으로 할 수 있다.

- **정보과학 영역 내용**

> · 프로그래밍 : 연산 수행, 자료 저장, 흐름 제어, 모듈화
> · 자료 처리 : 자료 구조, 정렬과 탐색
> · 알고리즘 : 문제와 알고리즘, 탐색기반 알고리즘, 관계기반 알고리즘
> · 컴퓨팅 시스템 : 시뮬레이션, 피지컬 컴퓨팅

- 정보과학 분야 연구 관련 단어 : 빅데이터, 머신러닝, 딥러닝, C, C++, Python, AI, 로봇, 자율주행 자동차, 스마트폰

2 관심 있는 과학 도서 읽고 주제 찾기

물리학 관련 도서

세상을 바꾼 물리학
(원정현 저자(글). 리베르스쿨)

세상에서 가장 쉬운 재미있는 물리
(미사와 신야 저자(글), 장재희 번역, 송미란 감수. 미디어숲)

New 재미있는 물리여행
(루이스 캐럴 엡스타인 저자(글), 강남화와 현직 교사들 번역. 꿈결)

화학 관련 도서

세상에서 가장 재미있는 화학
(크레이그 크리들 저자(글), 김희준 번역, 래리 고닉 그림/만화. 궁리)

잠 못들 정도로 재미있는 이야기: 화학
(황명희 번역, 오미야 노부미쓰 저자(글), 현성호 감역. 성안당)

퀴리부인은 무슨 비누를 썼을까? 2.0
(여인형 저자(글), 생각의힘).

화학이 화끈화끈
(닉 아놀드 저자(글), 이충호 번역, 토니 드 솔스 그림/만화. 주니어김영사)

집 안에서 배우는 화학

(얀 베르쉬에, 니콜라 제르베르 저자(글), 정상필 번역. 양문출판사)

우리 집에 화학자가 산다

(김민경 저자(글), 휴머니스트)

생명과학 관련 도서

재미있는 미생물과 감염병 이야기

(천명선 저자(글), 박재현 그림. 가나출판사)

세균들도 궁금해할 이상하고 재미있는 우리 몸 이야기 93

(이와야 게이스케 저자(글), 정인영 번역. 가시와바라 쇼텐 그림, 아울북)

인류를 구한 12가지 약 이야기

(정승규 저자(글), 반니)

지구과학 관련 도서

세상에서 가장 쉬운 우주과학 수업

(리먀오, 왕솽 저자(글), 고보혜 번역. 더숲)

재미있는 별자리와 우주 이야기

(이충환, 신광복 저자(글), 손종근, 서석근 그림. 가나출판사)

세상에서 가장 재미있는 지구환경

(앨리스 아웃워터 저자(글), 이희재 번역, 래리 고닉 그림/만화. 궁리)

정보과학 관련 도서

빅데이터 기획 및 분석
(주해종, 김혜선, 김형로 저자(글), 크라운출판사)
코딩 없이(Low code) 클릭으로 한 번에 빅데이터 분석하기
(윤우제, 이래중 저자(글). ORP Press)
원리가 보이는 파이썬 빅데이터 분석 기초와 실습
(천세학 저자(글), 한빛아카데미)
놀면서 알게 되는 AI 알고리즘
(장윤하 저자(글), 염경미 일러스트. 미래상상책방)

3 관심 있는 단어로 자료 검색하여 주제 찾기

(1) 자료 검색하기

도서관 검색하기

국가전자도서관 https://www.dlibrary.go.kr/
국립중앙도서관
https://www.nl.go.kr/NL/contents/N40403000000.do
국회전자도서관 https://www.nanet.go.kr/main.do
법원도서관 http://sample1.bookcube.biz/FxLibrary/
한국과학기술원 도서관 https://library.kaist.ac.kr/main.do
한국교육학술정보원 https://www.keris.or.kr/main/main.do

농업과학도서관 https://lib.rda.go.kr/main.do
국립의과학지식센터
https://library.nih.go.kr/ncmiklib/index/index.do
국립세종도서관 https://sejong.nl.go.kr/
국립어린이청소년도서관
https://www.nlcy.go.kr/NLCY/main/index.do
한국청소년정책연구원 전자도서관
https://lib.nypi.re.kr/local/html/eBook
서울도서관 https://lib.seoul.go.kr/
서울시교육청 전자도서관 https://e-lib.sen.go.kr/index.php
경기도사이버도서관 https://www.library.kr/cyber/index.do
인천광역시미추홀도서관
https://www.michuhollib.go.kr/gugje/index.do

학위 논문 검색 사이트

RISS 학술연구정보서비스 http://rs2.riss4u.net/index.do

국내 학술 논문 검색 사이트

DBpia https://www.dbpia.co.kr/
KISS (Koreanstudies Information Service System)
https://kiss.kstudy.com/
SCIENCE ON
https://scienceon.kisti.re.kr/main/mainForm.do

KoreaScience http://koreascience.or.kr/main.page

국제 학술 논문 검색 사이트

구글 학술 검색 (구글스칼라)
https://scholar.google.co.kr/schhp?hl=ko

빅데이터 검색 사이트

공공 데이터 포털 https://www.data.go.kr/
국가통계포털 https://kosis.kr/index/index.do
통계청 https://kostat.go.kr/ansk/
e-나라지표
https://www.index.go.kr/unity/potal/eNara/main/EnaraMain.do
과학기술통계 https://www.ntis.go.kr/rndsts/Main.do
민원 빅데이터
https://bigdata.epeople.go.kr/bigdata/bigMainPage.npaid
통합데이터 지도 http://www.bigdata-map.kr/

인공지능 관련 사이트

AI 타임즈 https://www.aitimes.com/
공공 인공지능 오픈 API · DATA 서비스 포털
https://aiopen.etri.re.kr/

ChatGPT https://openai.com/blog/chatgpt

Bing AI https://www.bing.com/?/ai

Gemini gemini.google.com/app

synthesia https://www.synthesia.io/

Gaugan2 http://gaugan.org/gaugan2/?text_input=sam

(2) 과학 관련 전문 기관 사이트

물리학 관련 사이트

한국과학기술연구원 https://www.kist.re.kr/ko/index.do

한국표준과학연구원 https://www.kriss.re.kr/

한국원자력연구원 https://www.kaeri.re.kr/

한국전자통신연구원 https://www.etri.re.kr/intro.html

한국전기연구원 https://www.keri.re.kr/html/kr/index.html

양자정보연구지원센터 https://qcenter.kr/

인공위성연구소 https://satrec.kaist.ac.kr/

화학 관련 사이트

한국화학연구원 https://www.krict.re.kr/

케미러브 화학사랑
https://chemielove.krict.re.kr/curiosity/study_site.do

화학물질정보시스템 https://ncis.nier.go.kr/main.do

화학물질안전원 https://nics.me.go.kr/main.do

생명과학 관련 사이트

한국생명공학연구원
https://www.kribb.re.kr/kor/main/main.jsp

BioIn (Biotech INformation Potal)
https://www.bioin.or.kr/hbrd_News.do?bid=todaynews

BRIC　https://www.ibric.org/

(주)생물나라　https://www.biozoa.co.kr/

생물자원센터　https://kctc.kribb.re.kr/

드러그인포　https://www.druginfo.co.kr/index.aspx

약학 정보원　https://www.health.kr/

KMLE 의학검색엔진　http://www.kmle.co.kr/

지구과학 관련 사이트

한국천문연구원　https://astro.kasi.re.kr/index

항공우주연구원　https://www.kari.re.kr/kor.do

기상자료포털 개방　https://data.kma.go.kr/

기상청　http://www.kma.go.kr

기상청 해양기상정보포털　https://marine.kma.go.kr/mmis/

국토지질정보　https://data.kigam.re.kr/

환경부　http://www.me.go.kr

해양환경정보포털　https://meis.go.kr/portal/main.do

국립환경연구원　http://www.nier.go.kr

국가기후위기적응정보포털　https://kaccc.kei.re.kr/portal/

4 Chat GPT 활용하여 연구 주제 찾기

Chat GPT를 활용한 연구 주제 찾기 예시

https://chat.openai.com/auth/login

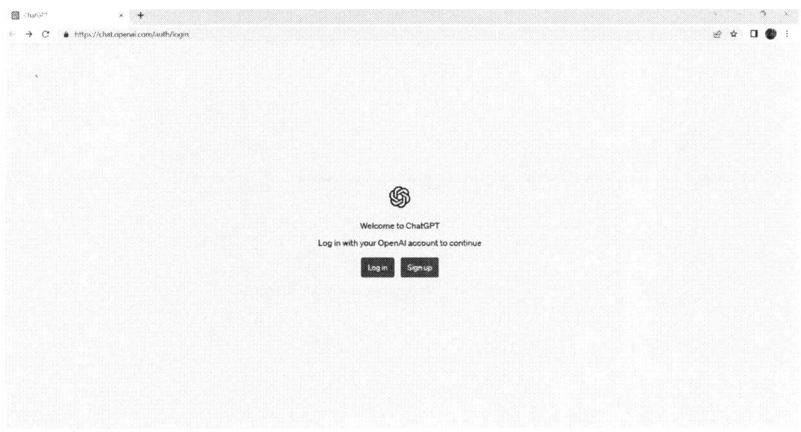

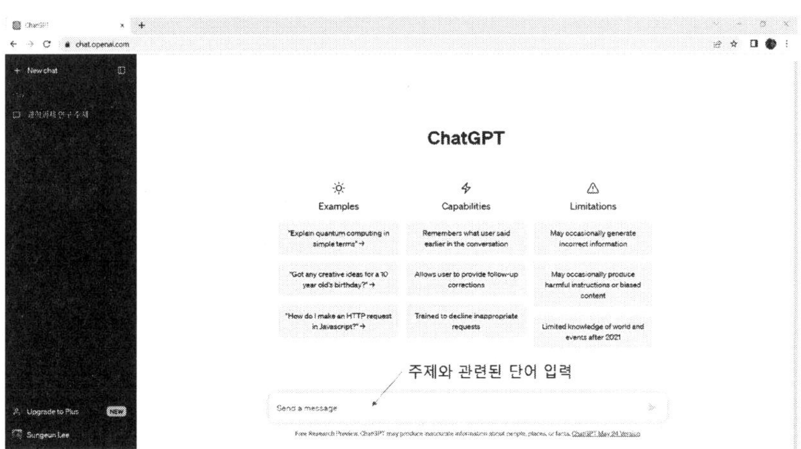

Chat GPT를 이용하여 연구 주제를 찾을 때 관심 있는 현상에 대한 단어를 열거하고 '고등학교'라는 단어를 포함하여 검색해야 한다.

(1) 커피 찌꺼기에 대한 연구를 하고 싶다면, "고등학교 커피 찌꺼기 활용에 대한 연구 주제"라는 문장을 입력한다.

- 검색 결과

고등학교에서 커피 찌꺼기에 대한 연구 주제를 선택하고자 한다면, 다양한 관점에서 접근할 수 있는 다음과 같은 주제를 고려해 볼 수 있습니다:

① 커피 찌꺼기의 재활용 방법과 가능성 : 커피 찌꺼기는 일회용으로 사용되는 많은 양의 폐기물을 생성합니다. 이 연구에서는 커피 찌꺼기를 재활용하고 다른 용도로 활용하는 방법을 탐구할 수 있습니다. 예를 들어, 찌꺼기를 비료로 사용하거나 재료로 활용하여 가구 또는 액세서리 등을 만드는 방법을 연구할 수 있습니다.
② 커피 찌꺼기의 환경적 영향 : 커피 찌꺼기는 자연환경에 미치는 영향을 알아보는 연구도 가능합니다. 이 연구에서는 커피 찌꺼기가 분해되는 데 걸리는 시간, 지속 가능한 폐기 방법 등을 조사하여 커피 찌꺼기의 환경적 영향을 평가할 수 있습니다.
③ 커피 찌꺼기 추출물의 활용 : 커피 찌꺼기에서 추출되는 화학 물질에 대한 연구도 흥미로운 주제입니다. 이 연구에서는 커피 찌꺼기에서 추출한 화학 물질이 다른 산업 분야에서 활용될 수 있는 가능성을 탐구할 수 있습니다. 예를 들어, 커피 찌꺼기 추출물의 항산화 또는 항염증 특성을 연구하여 약제 개발에 활용할 수 있는지

알아볼 수 있습니다.

④ 커피 찌꺼기와 건강 관련 연구 : 커피 찌꺼기의 속성과 건강 간의 연관성을 조사하는 연구도 가능합니다. 이 연구에서는 커피 찌꺼기에 함유된 화학 물질이 인체에 미치는 영향을 평가하거나, 커피 찌꺼기 섭취와 건강 상태 사이의 관계를 조사할 수 있습니다.

이러한 주제들은 커피 찌꺼기에 대한 연구를 통해 환경, 재활용, 건강 등 다양한 측면에서 인사이트를 제공할 수 있습니다. 연구 주제를 선택할 때 자신의 관심과 가능한 실험 또는 조사의 범위를 고려하여 학업적으로 흥미로운 주제를 선택하는 것이 중요합니다.

(2) 검색 결과 중 커피 찌꺼기 분해와 관련된 연구를 하고 싶다면 "커피 찌꺼기 분해 실험"이라는 문장을 입력한다.

- 검색 결과

커피 찌꺼기 분해 실험의 주제로는 "커피 찌꺼기의 분해 속도에 영향을 미치는 요인"을 선택할 수 있습니다. 이 실험을 통해 다양한 변수를 조절하여 커피 찌꺼기가 분해되는 과정을 연구할 수 있습니다. 몇 가지 가능한 실험 주제 아이디어는 다음과 같습니다:

① 온도의 영향 : 커피 찌꺼기를 다양한 온도에서 분해시키는 실험을 수행하여 온도가 분해 속도에 어떤 영향을 미치는지 조사합니다. 예를 들어, 찌꺼기를 뜨거운 물과 차가운 물에 각각 담가서 분해되는 시간을 비교할 수 있습니다.

② pH 값의 영향 : 다양한 pH 값의 용액에서 커피 찌꺼기를 분해시키는 실험을 수행하여 용액의 산성 또는 알칼리성이 분해 속도에 어떤 영향을 미치는지 조사합니다.

③ 산소 농도의 영향 : 다양한 산소 농도의 환경에서 커피 찌꺼기를 분해시키는 실험을 수행하여 산소 농도가 분해 속도에 어떤 영향을 미치는지 조사합니다. 이를 위해 찌꺼기를 다른 환경에서 분해시키거나 산소 농도를 조절한 용액에 담갔다 뺐다 하는 등의 방법을 사용할 수 있습니다.

④ 미생물의 영향 : 다양한 종류의 미생물이나 분해 세균이 있는 환경에서 커피 찌꺼기를 분해시키는 실험을 수행하여 미생물이 분해 과정에 어떤 역할을 하는지 조사합니다.

이러한 실험 주제를 통해 커피 찌꺼기의 분해 과정과 그 영향 요인을 연구할 수 있습니다. 실험 결과를 분석하고 해석하여 커피 찌꺼기 관련 환경 문제에 대한 인사이트를 도출할 수도 있습니다.

이 검색 결과를 이용하여 연구 주제를 '미생물을 이용한 커피 찌꺼기 분해'로 정할 수 있다. 주제를 좀더 구체적으로 정하기 위해서는 관련된 이론과 선행 연구를 검토해야 하고, 변인을 정해야 한다.

5 주제에 관련된 참고 문헌 정리하기

연구 주제를 정한 후에는 관련 이론과 선행 연구를 찾아 보아야 한다.

연구 주제의 키워드로 검색을 해 보면 많을 자료를 볼 수 있다. 검색한 자료를 정리하면, 연구 주제를 구체화하는 데 도움이 된다.

Google에서 '커피 찌꺼기 효모' 단어로 검색한 결과는 다음과 같다.

google.com
https://patents.google.com › patent

커피찌꺼기를 이용한 미생물 배양용 배지 제조 방법 및 이를 ...

상기 "미생물"은 대장균, 바실러스(Bacillus)속, 락토바실러스(Lactobacillus)속, 슈도모나스(Pseudomonas)속, 스트렙토마이세스(Streptomyces)속 및 **효모**(**yeast**)속 미생물 ...

https://patents.google.com › patent

KR102088764B1 - 커피 찌꺼기를 이용한 젖산 생산 방법

"추출물"로 가장 많이 사용되는 것으로 **효모** 발효 추출물(**yeast** extract), 소고기 추출물(beef extract), 맥아 추출물(malt extract) 등이 있다. "소화물"은 펩톤 등의 ...

naver.com
https://blog.naver.com › PostView

커피 찌꺼기 비료 - 네이버블로그

2012. 9. 20. — 발효는 미생물(**효모**나 세균)을 이용해 **커피**박이나 깻묵 등의 유기물을 식물의 성장에 유용한 영양분으로 만드는 과정으로 볼 수 있습니다.

tistory.com
https://nhsa710711.tistory.com › ...

커피찌꺼기 활용법 찌꺼기로 퇴비 만드는 법 - 쿠 - 티스토리

EM균 발효촉진제라고도 하는데 이것은 유산균이나 **효모**, 광합성 세균등이 섞인 좋은 박테리아를 말합니다. **커피찌꺼기** 활용법. 뚜껑이 있는 플라스틱 양동이 바닥에 발효 ...

googleapis.com
https://patentimages.storage.googleapis.com › p... PDF

커피 찌꺼기로부터 오일과 당을 생산하는 방법

당(sugar)은, **효모**와 같은 미생물 세포 성장에 필수적인 탄소 영양. 원으로서, 글루코스(포도당), 갈락토스, 만노스, 자일로스, 아라비노스 등 단당류와 수크로스, 락토스, ...

DBpia에서 '커피 찌꺼기 효모' 단어로 검색한 결과는 다음과 같다.

"커피 찌꺼기 효모"검색결과 (3 건)

다운받기 내서재 담기 ✓정확도순 이용순 최신순 20개씩

Citrus와 Coffee등 농업폐기물을 활용한 바이오에너지 생산 : Feasible Approach of Agricultural Wastes such as Citrus and Coffee for Bioenergy Production

그 중 과일이나 **커피** 등 농산물 가공 산업에서 버려지는 농업 폐기물은 바이오에탄올 생산이 가능한 올리고당을 다량 함유하였으며, 바이오에탄올 생산비중 가장 높은 비중을 차지하는 바이오매스의 원료비용이 발생되지 않...

Citrus peel wastes # coffee residue # popping pretreatment

최인성 | 전남대학교 대학원 | 2014
학위논문 | 이용수 37

바이오에탄올 생산단가 절감을 위해 Clay와 Graphene Oxide 기반의 자성나노복합체를 활용한 당화효소의 재활용

KISS에서 '커피 찌꺼기'로 검색한 결과

커피찌꺼기가 양파의 생장에 미치는 영향에 관한 연구
김성배 (Kim Sung-bae) , 최윤석 (Choi Yoon-suk) , 김진호 (... • 2021
한국구조물진단유지관리공학회 학술발표회 논문집 • 한국구조물진단유지관리공학회 • 25(2) • 180~180 (1p)

커피찌꺼기 Biochar의 흡착 성능에 관한 연구
김장영 (Jang Yeong Kim) , 조우리 (Woo Ri Cho) , 이진주 (Ji... • 2020
한국폐기물자원순환학회 춘계학술발표논문집 • 한국폐기물자원순환학회 • 2020 • 203~203 (1p)

Hydrothermal Carbonization(HTC)을 이용한 커피찌꺼기 Biochar의 중금속 흡착 성능에 관한 연구
김장영 (Jang Yeong Kim) , 조우리 (Woo Ri Cho) , 이진주 (Ji... • 2020
한국폐기물자원순환학회 추계학술발표논문집 • 한국폐기물자원순환학회 • 2020 • 52~52 (1p)

HZSM-5촉매를 이용한 커피찌꺼기의 촉매혼합열분해의 방향족 탄화수소 생산 증진
김지희 , 류수민 , 정재훈 , 박영권 • 2019
한국공업화학회 연구논문 초록집 • 한국공업화학회 • 2019 • 379~379 (1p)

이렇게 검색한 내용은 양식을 정해서 보기 쉽게 요점 정리한다.

<table>
<tr><th colspan="4">제목</th></tr>
<tr><td colspan="4">커피 찌꺼기를 이용한 미생물 배양용 배지 제조 방법 및 이를 이용한 L(+)형 젖산 생산 방법</td></tr>
<tr><th>출처</th><td>대한민국특허청</td><th>특허권자</th><td>인하대학교 산학협력단</td></tr>
<tr><td colspan="4">본 발명은 커피 찌꺼기를 이용한 미생물 배양용 배지 및 이의 제조 방법에 관한 것이다. 본 발명에 따른 커피 찌꺼기를 이용한 미생물 배양용 배지는, 버려지는 커피 찌꺼기를 이용함으로써...</td></tr>
<tr><th colspan="4">제목</th></tr>
<tr><td colspan="4">커피 찌꺼기 비료
https://blog.naver.com/PostView.nhn?blogId=eoeo39&logNo=40168512691</td></tr>
<tr><td colspan="4">요구르트 유산균을 이용한 발효
발효는 미생물(효모나 세균)을 이용해 커피박이나 깻묵 등의 유기물을 식물의 성장에 유용한 영양분으로 만드는 과정으로 볼 수 있다.</td></tr>
<tr><th colspan="4">제목</th></tr>
<tr><td colspan="4">Citrus와 Coffee등 농업폐기물을 활용한 바이오에너지 생산</td></tr>
<tr><th>출처</th><td>전남대학교 대학원
석사 학위 논문 (2014)</td><th>저자</th><td>최인성</td></tr>
<tr><td colspan="4">제1장에서는 우리나라에서 폐기되는 감귤박을 이용한 바이오에탄올 생산 타당성을 살폈으며, 제2 장에서는 매년 커피음료 소비량이 증가하여 발생하는 커피찌꺼기를 이용한 바이오에탄올 생산 가능성을 연구하였다...</td></tr>
<tr><th colspan="4">제목</th></tr>
<tr><td colspan="4">커피찌꺼기가 양파의 생장에 미치는 영향에 관한 연구</td></tr>
<tr><th>출처</th><td>한국구조물진단유지관리
공학회 (2021)</td><th>저자</th><td>김성배, 최윤석, 김진호</td></tr>
<tr><td colspan="4">커피찌꺼기를 콘크리트의 혼화재로 사용하기 위한 연구의 일환으로 양파의 생장실험을 통해 식생에 미치는 영향을 검토하였다. 실험변수는 커피찌꺼기를 자연건조시킨 것과 200℃에서 가열한 것을 대상으로 각각...</td></tr>
</table>

위의 문헌들을 참고하여 '발효시킨 커피 찌꺼기'에 대한 연구를 할 수 있다.

연구 문제는 어떻게 정하는가?

III

1 연구 문제는 무엇인가?

연구 문제는 연구 주제와 관련하여 구체적으로 알아보아야 하는 것이다. 연구 문제는 물음 형식으로 된 하나의 문장으로 표현해야 한다. 이때 연구 문제는 대상에 영향을 미치는 변인들 사이의 관계를 고려하여 변화의 차이, 그 영향 관계를 질문하는 것이다. 연구 주제의 연구 문제는 두 개 이상일 수 있다.

2 연구 문제의 예시

연구 주제로 '발효시킨 커피 찌꺼기로 만든 퇴비가 대파의 생장에 미치는 영향'으로 정했다면 변인은 커피 찌꺼기 발효 과정에서의 여러 가지 변화와 대파의 생장 정도가 된다. 따라서, 연구 문제로는 다음과 같은 것을 생각해 볼 수 있다.

- 커피 찌꺼기의 숙성 과정 중 커피 찌꺼기의 pH와 온도의 변화, 수분도는 어떻게 변하는가?
- 건조한 커피 찌꺼기, 발효시킨 커피 찌꺼기 퇴비, 일반 퇴비에 의한 대파 생장 속도는 어떻게 다른가?

IV

연구 계획은 어떻게 하는가?

1 연구 계획서 작성하기

연구 계획서를 다른 말로 프러포절(proposal)이라고 한다. 이때 propose는 제안하다는 뜻을 가지고 있다. 따라서 연구 계획서는 어떠한 방법과 과정으로 연구를 하겠는가에 대한 제안서이다.

국가의 다양한 연구 사업단에서는 연구 지원을 하기 위해서 연구 계획서를 공개 모집하기도 한다. 이 경우 연구 계획서를 제출해서 선정이 되면, 연구비를 지원받으며 연구를 할 수 있게 된다. 바이오와 기후 변화에 관한 고등학생 대상의 논문 공모전도 있다. 연구 계획서에 포함되어야 하는 항목을 간략하게 적어 보면 다음과 같다.

① 과제명
② 작성자
③ 작성일
④ 연구 주제
⑤ 연구 동기 (목표 또는 목적 포함)
⑥ 이론적 배경
⑦ 연구 문제
⑧ 연구 계획
⑨ 참고 문헌

① '과제명'은 연구 제목을 뜻한다. 연구 계획서를 한 줄로 요약한 것을 과제명이라 할 수 있다. 여기에는 연구의 핵심 키워드를 담고 있어야 한다. 처음부터 과제명을 확정짓기 어렵다면, 가칭으로 간

단하게 중요 단어를 나열해 놓고, 연구 계획서를 다 적은 후에 고쳐쓰면 된다.

② '작성자'란에는 작성자의 소속 기관이나 학교를 쓴 후, 성명을 적는다.

③ '작성일'은 계획서 제출 날짜를 기준으로 하여 적는다.

④ '연구 주제'에 대해서는 Ⅱ장을 참고하길 바란다.

⑤ '연구 동기'는 이 연구를 계획하게 된 계기이고 '연구 목표'는 이 연구에서 이루고자 하는 것이다. 연구 목적은 연구를 통해 얻고자 하는 것으로써 연구의 활용 및 일종의 기대 효과라 할 수 있다.

⑥ '이론적 배경'은 연구 주제와 관련 있는 기존 이론과 지식, 선행 연구를 정리한 것이다. 이론적 배경을 적기 위해서는 가능한 한 많은 자료나 논문을 검색할 필요가 있다.

⑦ '연구 문제' 역시 Ⅲ장에서 설명했으니 참고하길 바란다.

⑧ '연구 계획'은 연구를 어떻게 할 것인가에 대한 조사, 관찰, 실험 방법 및 과정을 말한다. 과학과제연구 수업이 한 학기 동안 진행되는 경우, 실험은 7~8주 내에 할 수 있도록 계획해야 한다.

⑨ '참고 문헌'으로는 이 연구를 위해 참고한 자료들을 출처와 함께 적으면 된다.

연구 계획서의 분량은 지원하는 연구 기관의 조건에 맞춘다. 보통은 5페이지 내외이다. 고등학생은 2페이지 내외로 작성해도 충분하다.

연구 계획서를 작성한 후에는 연구에 필요한 준비물을 점검한다.

2 연구 계획서 작성 예시

연구 제목			
발효시킨 커피 찌꺼기로 만든 퇴비가 대파의 생장에 미치는 영향			

학교 이름		지원 예정 학과	
작성자		작성일	년 월 일

연구 동기 및 목적
한국의 커피 소비량은 날마다 증가하고 있다. 커피 소비가 증가하면서, 버려지는 커피 찌꺼기의 양도 많아지고 있다. 이러한 커피 찌꺼기를 비료로 활용하였을 때의 효과가 검증된다면, 커피 찌꺼기를 비료로 활용하여 쓰레기의 양도 줄이면서 농가와 상생하는 방법을 찾을 수 있을 것이라 생각하여, 이 연구를 하고자 한다.
이론적 배경
파는 수선화과의 부추아과의 여러해살이 식물(위키백과). 커피 음료를 만들 때, 원두의 0.2%만 사용하고 나머지는 찌꺼기로 버려지고 있다. 커피 찌꺼기는 일반폐기물로서 매립되거나 소각되고 있다[1]. 커피 찌꺼기와 담뱃잎 부산물을 혼합하여 퇴비를 만드는 과정에서 pH는 서서히 감소하였고, EC는 다소 증가하였다. 질소, 인 및 칼륨의 조성은 증가하였다. 퇴비의 물리화학적 변화는 미생물의 변화에 따라 달라질 것이라 예상한다[2]. 커피 부산물과 원예 용토 혼합 비율에 따른 대조구의 생장 속도 비교 분석[4].
연구 문제
커피 찌꺼기의 숙성 과정 중 pH와 온도의 변화, 수분도는 어떻게 변하는가? 건조한 커피 찌꺼기, 발효시킨 커피 찌꺼기 퇴비, 일반 퇴비에 의한 대파 생장 속도는 어떻게 다른가?

연구 방법

커피 찌꺼기를 미생물로 퇴비로 만드는 과정에서 커피 찌꺼기의 습도, 온도, pH 변화를 관찰한다. 무비상토, 무비상토에 커피 찌꺼기를 섞은 토양, 무비상토에 발효시킨 커피 찌꺼기 퇴비를 섞은 토양, 일반 비료를 섞은 토양에서 대파의 생장 정도를 비교한다.

참고 문헌

커피 찌꺼기로 커피 퇴비 만들기 핵심만 간단히.
https://www.youtube.com/watch?v=-BpVDnYtSoA

바나나 껍질, 계란 껍질, 커피 찌꺼기 천연 비료 효과 검증 실험!! 대파 키우기 3주 후 충격적인 결과!!!
https://www.youtube.com/watch?v=ajLG_Dmb0MQ

커피 비료 만들기 / 영양분 가득 효과 만점 친환경 비료 만드는 방법
https://www.youtube.com/watch?v=ECh7Nv_qleM

[1] 남근우, 김민숙, 안지환 (2017). 커피 부산물의 최근 연구 동향 및 서울시의 커피 찌꺼기 현황 분석. Journal of Energy Engineering. 26 (4), 14-22.
[2] 신지환, 박승혜, 김아름, 손이헌, 주세환 (2020). 커피 찌꺼기 퇴비화 과정의 물리, 화학 및 생물학적 변화. Korean J Environ Agric. 39 (3), 178-187.
[3] 커피박 퇴비의 제조 및 활용. 농촌진흥청 국립농업과학원 (2017) https://ares.chungbuk.go.kr/home/download/yuki/yuki_06.pdf
[4] 김현숙 (2012). 커피 부산물을 이용한 친환경적 퇴비화. 광운대학교 환경대학원 환경공학전공 석사학위 논문.
[5] 김현숙 (2017). 커피 부산물 퇴비의 혼합 비율이 원예 식물 생장에 미치는 영향에 관한 연구. 한세대학교 대학원 도시환경공학전공 박사학위 논문.

V
연구 노트는 무엇인가?

1 연구 노트를 적어야 하는 이유

연구 노트는 연구자가 연구의 시작부터 연구 결과물의 보고, ·발표 또는 지식 재산권의 확보 등에 이르기까지의 연구 과정 및 연구 성과를 기록한 자료이다(출처 : 교육과학기술부 훈령 128호 국가연구개발사업 연구 노트 관리 지침). 연구 노트를 Log Book이라고도 한다.

연구 노트에는 연구 계획, 실험 방법, 실험 결과, 관련된 아이디어 등을 적는다. 연구 노트는 연구를 실제로 했다는 증거 자료로, 학술지에 연구에 대한 논문을 게재하기 전에 학회에 제출하기도 한다. 연구 노트에 적힌 내용은 연구 성과를 인정 받을 수 있는 근거 자료가 된다. 연구 노트에 적힌 내용으로 연구와 관련된 기술에 대한 특허권을 신청할 수도 있다.

연구 결과는 재현성이 있어야 한다. 즉, 같은 방법으로 연구를 했을 때, 같은 연구 결과를 얻을 수 있어야 한다. 연구의 결과를 검증할 때, 연구 노트에 기록된 연구 과정이 중요한 역할을 한다. 뿐만 아니라 연구를 하다 보면, 관련된 연구를 이어서 하게 된다. 이런 경우, 이전의 연구 방법을 연구 노트에서 확인할 수 있다.

2 연구 노트의 종류

연구 노트에는 서면 연구 노트와 전자 연구 노트가 있다. 서면 연구 노트는 제본된 노트에 필기구를 사용하여 내용을 기록하는 노트이다(출처 : 교육과학기술부 훈령 128호 국가연구개발사업 연구 노트 관리

지침). 서점에서 구입할 수도 있고, 연구소에서 따로 제작하여 연구원들에게 나눠 주기도 한다. 연구 노트 앞장에는 연구자명, 연구 과제명, 소속, 연구 기간 등을 적는다. 연구 노트 내 각 장에는 쪽 번호, 기록 날짜, 점검자의 서명란 등이 있다. 기관에서 관리하는 연구가 아닌 경우, 점검자의 서명을 생략하기도 한다.

전자 연구 노트는 연구 내용을 컴퓨터 같은 전자 기기나 스마트 기기로 인터넷 페이지에 올리는 것이다. 별도의 양식에 맞춰 기록하는 경우도 있다. 전자 연구 노트 인터넷 페이지는 대학교, 연구소 등에서 운영한다. 회원 가입을 해서 사용할 수 있는 전자 연구 노트 인터넷 페이지도 있다.

연구 노트를 적는 대신 연구소 연구 그룹에서 관리하는 인터넷 twiki 홈페이지에 연구와 관련해서 얻은 결과를 올리기도 한다. 이때 연구 그룹의 구성원은 누구든지 twiki 홈페이지에 접근할 수 있다.

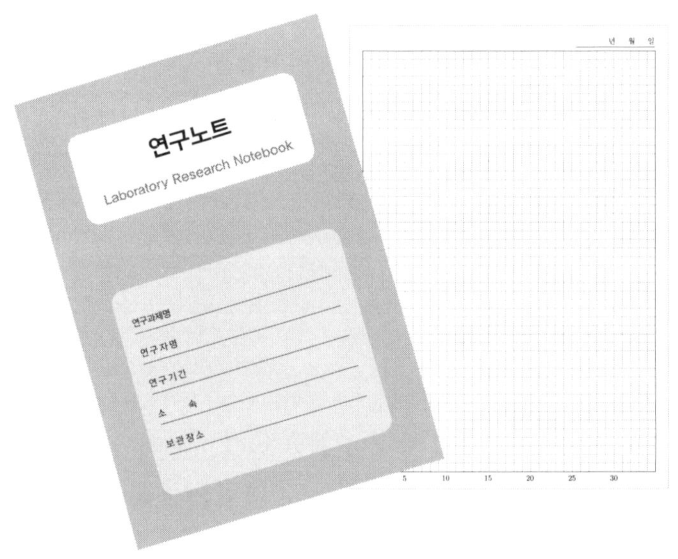

3 서면 연구 노트 예시

1

과제명 과학과제연구	과제번호

• 실험 내용 : 천연 항생제의 항생제 감수성 test → 실험 과정

·준비물 : 생강, 강황, 프로폴리스, 계피, LB 배지, 종이 디스크 ···

1. 생강 가루, 강황 가루, 프로폴리스 가루, 계피 가루를 5g씩 저울에서 계량하여, 각각 거름종이에 담는다.

2. 4개의 비커에 70% 에탄올을 30mL씩 넣고 각 가루를 넣고 섞어준다.

계산 과정

* 89% 에탄올 → 70% 에탄올.

$89\% \times x = 70\% \times 100mL$

$$x = \frac{70\% \times 100mL}{89\%} = 79mL$$

100mL − 79mL = 21mL의 증류수를 89% 알코올 79mL에 넣는다.

* 대조군 : 항생제를 묻히지 않은 디스크

* 비교하기 위해서 항생제(약국 판매)로도 실험

주의 사항

* 배양 실험할 때 주의 사항

: 배지 뚜껑이 아래쪽에 오도록!

*실험 결과 사진도!

22/10/24

여백 부분은 사선 긋기.

김 과 제	관리자 (서명)
22/10/24	일자 22/10/24

소논문은
어떻게 작성하는가?

1 소논문의 형식

소논문도 공식적 논문의 형식을 따른다. 논문은 초록, 서론, 본론, 결론, 참고 문헌을 기본 골격으로 한다.

초록은 영어로 Abstract로, 연구 동기, 연구 방법, 결론을 압축해서 논문 앞부분이나 뒷부분에 적는 글이다. 경우에 따라서 국문 초록과 영문 초록을 구분하여 적기도 한다.

Distortion Effects on the Spin Transfer Coefficient

S. E. LEE*, H. S. LEE, S. W. HONG and B. T. KIM

Department of Physics and Institute of Basic Science, Sungkyunkwan University, Suwon 440-746

(Received 17 April 1999)

We investigated the distortion effects on the spin transfer coefficient D_{nn} for the intermediate energy $(\boldsymbol{p}, \boldsymbol{n})$ charge exchange reactions leading to the Gamow-Teller resonance in the continuum region. When the distortion is included, the imaginary parts of both the central and the tensor direct contributions are significantly changed. Also, the magnitude of T_{00} becomes smaller, which results in larger D_{nn} values. We also found that when the distortion is included the phase difference between T_{00} and T_{20} in the complex plane remains almost the same for different Q-values.

서론에는 연구 동기와 목적을 적고 연구 주제와 관련된 **기존의 이론과 선행 연구** 내용을 정리한다. 이것을 이론적 배경이라 한다.

Introduction

Background

Most Korean high school students believe that physics is a difficult subject, which may contribute to their rejection of the subject, as was seen in a few studies (e.g. Min & Yoo, 2019). Korean students' unwillingness to study physics may be rooted in their failure to solve physics problems (Byun & Lee, 2014). According to Weiner (1986), repeated failures when studying science can influence students' affective domains towards the sciences. According to the locus of control theory, the way students explain their successes and failures influences learning-related affect and achievement (Marzano, 2003). Gómez-Chacón (2003) showed that students might experience negative emotions, such as frustration and sadness, when they fail to solve problems, which can

Theory

Emotions

According to Snow and Farr (1987), the affective domain is an important part of cognitive theories (Lashari et al., 2012). The four factors of the affective domain are emotions, beliefs, values, and attitudes, all of which influence problem-solving activity, as shown in Figure 1 (Leder & Grootenboer, 2005; McLeod, 1992).

According to Lomas et al. (2012),

> Beliefs are positions held by individuals that they feel to be true, and their nature cannot be directly observed but must be inferred from actions. Attitudes are learnt and are evident in responses to a situation or object and are positive or negative. Emotions or feelings are described in terms of their transitory and unstable nature arising as an affective response to events/contexts, whereas values are seen as criteria by which choices or assessments, in terms of desired/desirable outcomes or behaviour, are made. (Schuck & Grootenboer, 2004)

이론적 배경에서는 어떤 점에서 연구를 하게 되었는지 그 맥락을 적는다. 이론적 배경에서 선행 논문의 내용을 인용하게 되는데, 인용 방법에 따라 기술해야 하는 것이 좋다. 인용 방법을 따르지 않고 다른 사람의 논문에 나와 있는 문장을 적으면, 표절이 될 수 있다. 표절을 한 논문은 학회에서 발행하는 학술지에 실을 수 없을 뿐만 아니라 그 연구 결과도 인정받지 못한다.

본론에는 연구 과정과 연구 결과를 적는다. 연구 과정은 쉽게 말해서 선택한 조사 방법과 실험 방법으로 연구를 수행한 내용이라 할 수 있다.

Method

Procedure

We conducted an interpretative analysis in this study, since the methodology was considered adequate for extracting reliable information about the affective responses of the five participants as they solved physics problems. We performed an experiment in 2016 involving, consecutively, a survey and an interview. During the experiment, the students solved three problems and filled in an emotion graph for each problem, as explained below. The problem-solving session lasted for about 30 min and was con-

연구 결과는 연구로 얻은 데이터를 말한다. 연구 결과를 글로 설명하거나 표와 그래프로 보여 주기도 한다.

Results

We analysed the results of Session 1 and 2 for all five students. We denoted the students' answers to the problems and the emoji stickers attached to the answer sheets in Session 1 by words on the emotion graphs.

Student 1

Student 1 was asked to explain his reasons for not completing Table 4. According to the survey, the reason was that he found the task 'tiresome.' Interestingly, he did not attach any emoji stickers to the table in the negative emotion section (see Table 4), and he

Table 6. Students' answers to the second problem [correct answers: (1) 12 N, (2) 2 m/s^2].

The second problem	Student 1	Student 2	Student 3	Student 4	Student 5
(1) 6 N	9/2 N	9/2 N	8 N	6 N	12 N
(2) 1.5 m/s^2	1.5 m/s^2	1.5 m/s^2	2 m/s^2	1.5 m/s^2	2 m/s^2

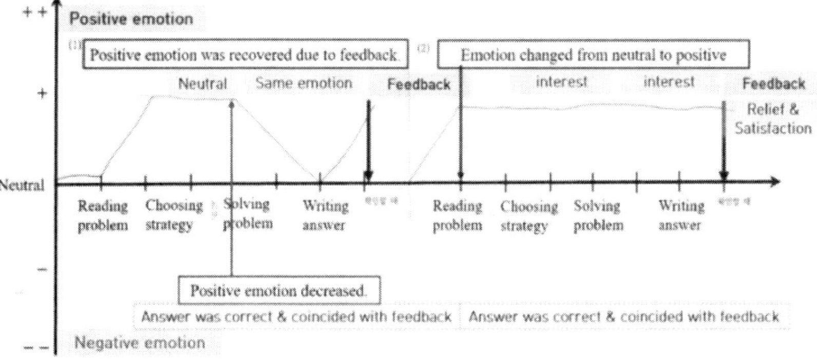

결론 에는 연구 동기 또는 목적과 관련하여 연구 결과가 어떤 의미를 지니는지를 적는다.

Conclusions and discussion

This case study presented data on the emotions of five students while they solved physics problems. When a student's answers to a problem did not coincide with feedback, negative emotions (tension or annoyance) lingered as they moved on to the next problem (e.g. Student 1, Problem 2). On the other hand, a positive emotion (eureka) appeared when a student's answer coincided with feedback, even though the answer to the previous problem did not coincide with feedback (Student 2, Problem 2). Hence, it is necessary to investigate the influence of emotions induced by one problem on the state of emotion during the process of solving the next problem.

이와 더불어 이번 연구와 관련하여 진행할 후속 연구에 대해서 언급을 하고, 연구 과정에서 미흡했던 부분이 있었다면 개선할 수 있는 방안을 제시한다. 이것을 '제언'이라 한다. 논문에서 제언을 읽으면, 선행 연구와 관련하여 어떤 연구를 할 수 있는지 맥락을 알 수 있다.

참고 문헌 에는 본론에서 인용한 자료나 논문의 출처를 적는다.

References

Ashford, S. J., Blatt, R., & VandeWalle, D. (2003). Reflections on the looking glass: A review of research on feedback-seeking behavior in organizations. *Journal of Management, 29*(6), 773-799. https://doi.org/10.1016/S0149-2063(03)00079-5

Belavkin, R. V. (2001). The role of emotion in problem solving. In C. Johnson (Ed.), *Proceedings of the AISB'01 symposium on emotion, Cognition and affective computing* (pp. 49-57). Heslington.

인터넷 웹페이지의 자료를 본론에서 이용하였다면, 참고 문헌에는 다음과 같이 적는다.

“인터넷 웹페이지 자료 이름”, 사이트 이름, OOOO년 OO월 OO일 수정, OOOO년 OO월 OO일 방문, 웹페이지 url.

논문을 인용한 경우에는, 참고 문헌에는 다음과 같이 적는다.

저자 이름 (논문 발행 연도). 논문 제목, 학술지 이름, 권 번호 (호 번호), 페이지.

예를 들어 “이성은”이라는 사람이 2023년에 “물리와 교육”이라는 학술지에 게재한 “물리문제해결 과정에서 정서의 영향”이라는 논문을 본론에서 인용하였으면, 다음과 같이 적는다.

이성은 (2023). 물리문제해결 과정에서 정서의 영향, 물리와 교육, 7 (1), 123-125.

이 논문을 본론에서 인용할 때에는 다음과 같이 적는다.

이성은(2023)은 “정서는 물리문제해결과 관련 있다”고 했다.

VIII 소논문의 예시

천체 운동 시뮬레이션 실험

○○고등학교 이○○

I. 서론

1. 연구 동기 및 목적

최근 우주에 대한 연구와 탐사가 국가를 넘어 기업에서까지 활발히 진행되고 있다. 그러한 연구에서 천체와 발사체의 운동을 예측하고 계산하는 것은 중요하다.

NASA(미국항공우주국)에서 진행한 DART(Double Asteroid Redirection Test; 이중 소행성 방향 전환 평가 프로젝트)에서는 소행성의 궤도를 계산하고, 소행성에 맞추어 발사체의 궤도를 변경시키는 작전을 성공적으로 수행하였다. 또한, 우리나라는 연료 절감을 위한 WSB (Weak Stability Boundary) 궤적을 통해, 달 탐사선 다누리호 발사를 성공적으로 진행하였다.

이처럼 우주 공간에서의 천체 운동이 중요해지고 있는 시대에서 천체의 운동 상황을 재현할 수 있는 방법이 없을까 하는 생각을 하게 되었다. 천체의 움직임을 시뮬레이션을 통해 관찰하면 천체의 질량, 속도, 운동 궤도의 관계를 파악하는 데 도움이 될 수 있을 것이다. 이번 실험을 통해 우주 공간에서의 운동을 재현해 보고 그 결과를 분석하고자 한다.

2. 이론적 배경

중력(重力)은 '질량이 있는 모든 물체들이 서로 끌어당기는 힘'이라는 의미의 만유인력(universal gravitation)과 같은 개념으로 받아들이는 힘이며, 뉴턴의 만유인력의 법칙에 의하면, 두 물체 사이에 작용하는 힘의 크기는 두 물체의 질량의 곱에 비례하고, 두 물체 사이의 거리의 제곱에 반비례한다.

또한 중력이 구심력으로 작용하는 경우, 물체는 타원 궤도 운동을 한다. 태양계 내 지구와 같은 행성들의 운동 경로와 지구 주위의 인공위성의 운동 경로 등이 이에 해당한다.

케플러(Johannes Kepler, 1571년 12월 27일~1630년 11월 15일)는 티코 브라헤(Tycho Brahe, 1546년 12월 14일~1601년 10월 24일)의 관측 결과를 이용하여 행성이 태양 중심의 원운동을 하는 것이 아니라 타원 운동을 하고 있음을 밝혔다. 또한, 태양을 초점으로 한 행성의 타원 궤도면에서, 동일한 시간 동안 행성이 휩쓸고 지나간 면적이 일정함을 밝혔다. 케플러의 발견은 아래와 같이 크게 세 가지로 정리된다.

- 케플러 제 1 법칙 : 행성은 태양을 초점으로 타원 궤도 운동을 한다.
- 케플러 제 2 법칙 : 타원 궤도면에서 동일한 시간 동안 행성이 휩쓸고 지나간 면적은 일정하다.
- 케플러 제 3 법칙 : 행성 운동 주기의 제곱은 타원 궤도 긴 반지름의 세제곱에 비례한다.

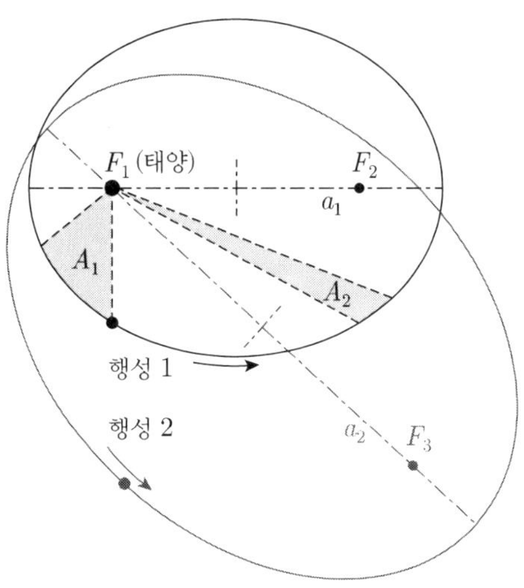

그림 1 태양 주변에서의 행성의 운동 궤도

뉴턴의 제 1 법칙에 의하면, 물체에 작용하는 알짜힘이 없으면 정지한 물체는 정지해 있고, 직선으로 등속 운동을 하는 물체는 물체의 운동 상태를 유지한다. 행성이 태양으로 떨어지지 않고 타원 운동을 유지하는 것은 행성은 운동 방향을 유지하려는 반면, 중력은 매순간 행성의 운동 방향과 수직으로 작용하여 운동 방향을 바꾸기 때문이다.

소행성과 혜성에도 이 법칙이 적용된다. 직경이 불과 수 km밖에 안 되는 소행성이나 혜성들은 순식간에 지구 생명체를 모두 위험에 빠뜨릴 가능성이 언제든지 존재한다. 지구에 떨어진다면 엄청난 영향을 끼칠 수 있는 천체들을 별도로 분류하여 지구 위협 천체(Potentially Hazardous Object, PHO)로 분류하였는데, 대략 1,400여 개의 소행성과 60여 개가 넘는 혜성을 PHO로 분류하여 반복적으로 관측 및 추적하고 있으며 그 충돌 가능성에 대한 연구를 진행하고 있다.

만약에 추적 결과 지구와 충돌하는 것이 확인된다면, 이후 지구를 보호하기 위한 대책과 방법이 있어야 할 것이다. 그 방법을 위한 첫 시작이 바로 DART, 즉 이중 소행성 궤도 수정 실험이었다.

DART의 임무는 소행성 디디모스 주위를 도는 또다른 소행성 디모르포스에 DART 우주선을 충돌시켜 디모르포스의 공전 궤도와 공전 주기에 영향을 미칠 수 있는지, 영향을 준다면 얼마나 줄 수 있는지를 알아보는 것이었다(강성주, 2023).

II. 본론

1. 연구 과정 및 연구 결과

천체 운동 시뮬레이션 실험은 휘어진 평면에 각종 구슬과 무게추를 배치하여, 그 사이에서 구술의 움직임과 궤도를 살펴보는 방식으로 진행되었다. 천체 운동 시뮬레이션 실험을 위해 다음과 같은 준비를 하였다.

그림 2 물체의 운동을 관찰할 평면

신축성 좋은 원단의 중심을 설정하고, 그 중심을 기준으로 큰 원(지름 1m)을 그려 고무대야에 집게로 부착하였다. 힘이 일정하게 전달되도록 15도 간격으로 점을 표시한 후 집게를 사용하여 원단을 고정하였다. 원단 위에서의 물체의 운동을 기록하기 위해 휴대폰 거치대를 준비하였다.

그림 3 평면에서의 운동을 촬영한 휴대폰 거치대

지름 25mm(질량 약 67.3g), 16mm(질량 약 16.5g), 12.5mm(질량 약 8.4g), 8mm(질량 약 2.1g) 쇠구슬을 움직이는 천체로 설정하고, 평균 질량 39.5g의 무게추 10개를 구슬에 대해 움직이지 않는 천체로 설정하였다.

그림 4 쇠구슬

그림 5 무게추

실험 1. 두 천체 사이의 중력과 천체의 운동

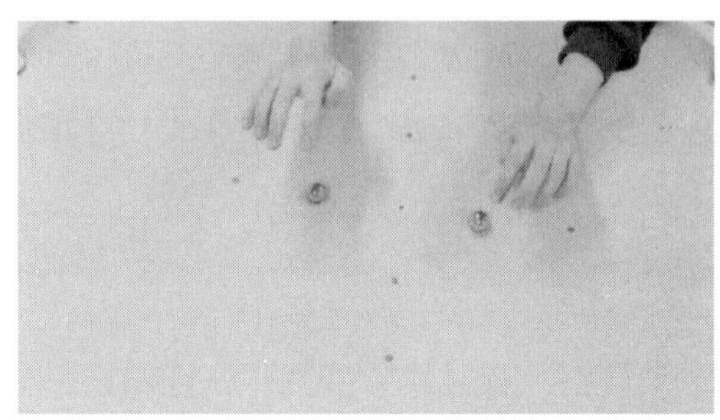

그림 6 평면 위에 놓인 두 쇠구슬

10cm 간격으로 찍은 점 위에 질량이 같은 두 개의 쇠구슬을 동시에 놓아 서로를 향해 구르게 하였다. 두 쇠구슬은 중점에서 만날 것이라는 가설을 설정하였다.

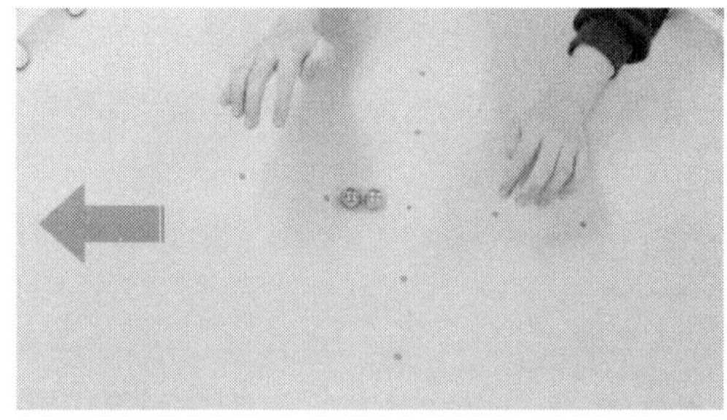

그림 7 두 쇠구슬이 만난 모습

그러나 예상과 달리 왼쪽으로 치우쳐진 곳에서 두 쇠구슬이 만났다. 이 결과에 대해 다음과 같은 원인을 찾았다. 집게로 천을 고정하는 과정에서 왼쪽에 위치한 천들이 느슨하게 고정되어 가운데에서가 아닌 왼쪽에서 만난 것이다. 이에 따라 왼쪽 천을 팽팽하게 고정하였더니 두 쇠구슬이 중심점에서 만났다. 또한 이 실험을 통해 추후에 진행되는 다른 실험에서의 오차를 줄일 수 있었다.

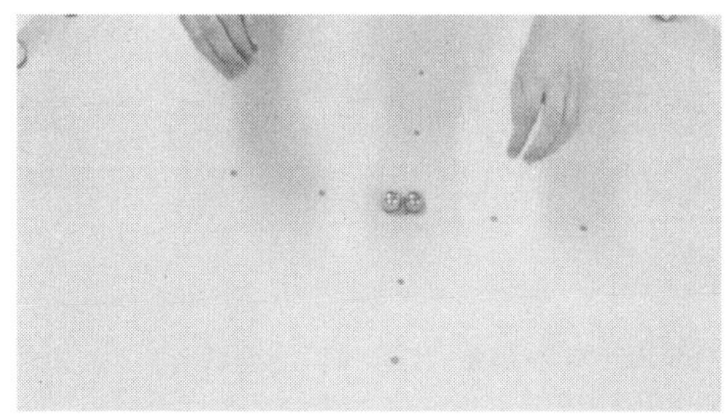

그림 8 가운데서 만난 쇠구슬

질량이 다른 두 구슬을 평면 위에 놓은 경우에는 질량이 큰 쪽으로 치우쳐 만나게 되었다.

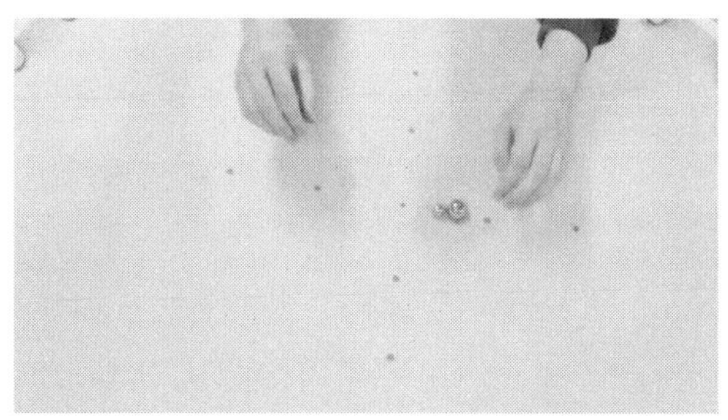

그림 9 질량이 다른 두 쇠구슬이 만난 모습

실험 1 결과 분석

두 천체 사이에서 작용하는 중력은 동일한 크기로 작용하는 특징을 가지고 있다. 그런데 뉴턴의 운동 제 2 법칙에 의하면,

$$a = \frac{F}{m}$$

$(F$: 힘. m : 질량, a : 가속도)

이므로, 가속도는 힘에 비례하고 질량에 반비례한다. 서로에게 작용하는 중력은 크기가 같은데, 질량이 큰 쇠구슬의 가속도가 작아 질량이 큰 쇠구슬 쪽에서 만나게 된 것이다.

실험 2. 질량이 큰 천체에 의한 궤도 변화

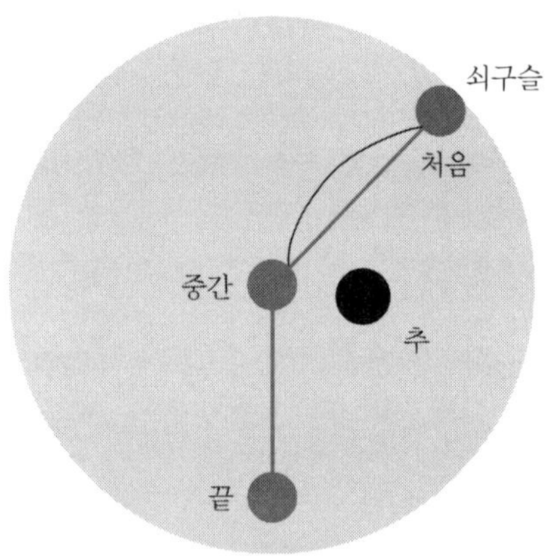

그림 10 실험 분석 계획도

평면 위 한 지점에 추를 올려놓은 후, 쇠구슬을 일정한 경사로에서 굴려 보았다. 추의 개수를 증가시키면서 추의 질량과 쇠구슬의 궤도 사이 관계를 살펴보았다. 또한 이를 영상으로 녹화한 후, 쇠구슬의 움직임을 처음-중간-끝 3단계로 점을 찍어 표현하여 궤도의 변화를 분석하였다.

실험에 앞서 해당 실험의 조건과 가설에 대해 분석해 보았다. 우선 일정한 경사로는 통제변인으로 이 실험에서 바뀌면 안되는 조건, 즉 쇠구슬의 속도를 결정하는 요소이다. 쇠구슬의 속도에 따라 쇠구슬의 궤도가 바뀔 수 있기 때문에 속력을 일정하게 설정하였다. 이러한 조건 속에서 추의 질량이 클수록 쇠구슬의 궤도의 변화가 클 것이라는 가설을 세웠다.

- 추가 없는 경우의 쇠구슬의 궤도 변화

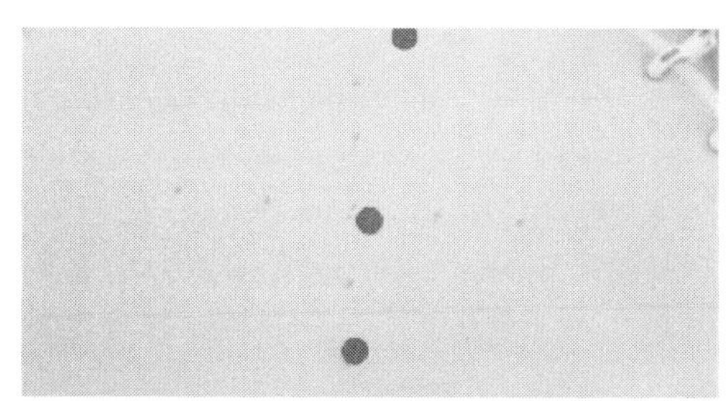

그림 11 추가 없을 때의 쇠구슬의 궤도

추가 없을 때의 쇠구슬의 궤도를 기준으로 하여 추가 있는 경우의 쇠구슬의 궤도를 비교하였다. 해당 사진은 쇠구슬 궤도의 시작 부분, 중간 부분, 끝부분을 찍어 3개의 사진을 겹쳐놓고 각 위치에 붉은 점을 찍어 표현한 것이다. 또한 추의 개수에 따른 쇠구슬의 궤도의 변화를 확실히 보기 위해 추의 개수를 2개씩 늘려 실험을 진행하였다.

- 추의 개수가 증가하는 경우의 쇠구슬의 궤도 변화

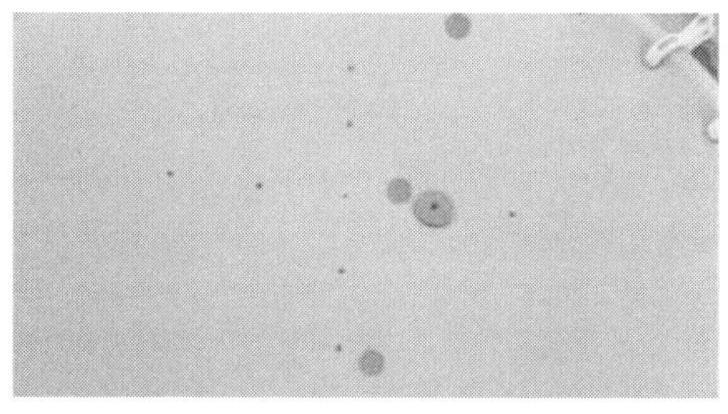

그림 12 추의 개수가 2개일 때

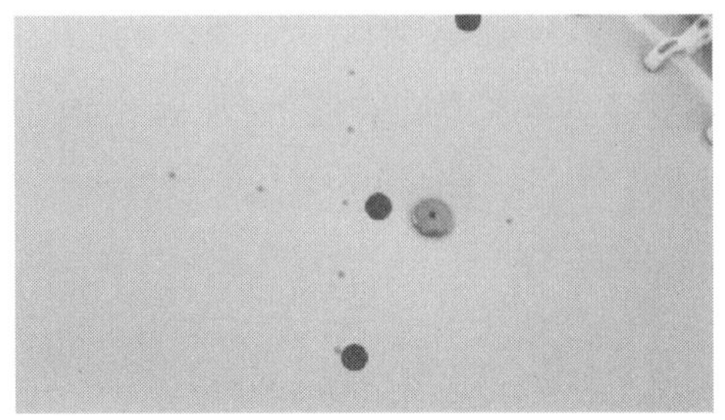

그림 13 추의 개수가 4개일 때

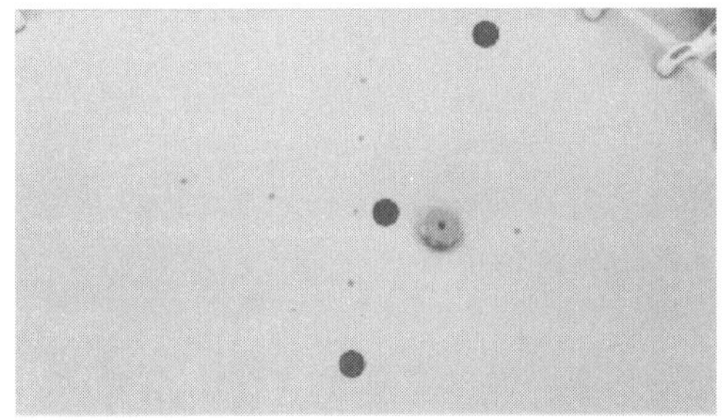

그림 14 추의 개수가 6개일 때

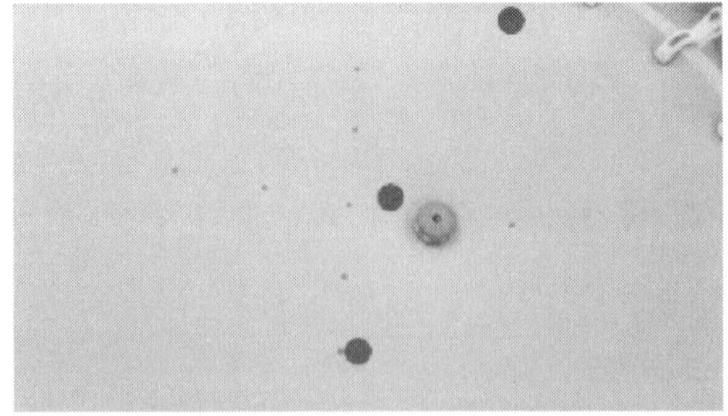

그림 15 추의 개수가 8개일 때

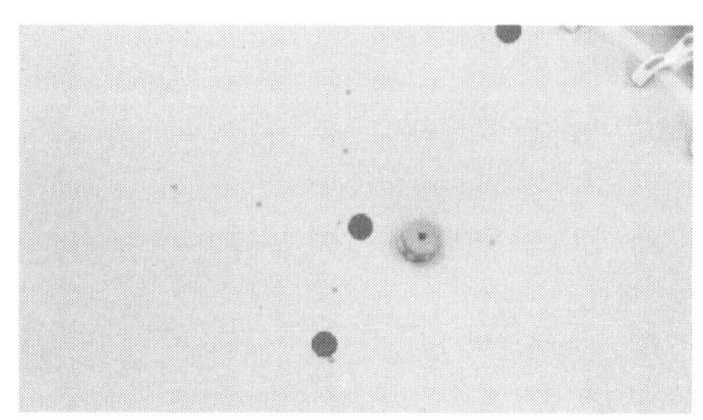

그림 16 추의 개수가 10개일 때

실험 2 결과 분석

사진을 통해 추의 개수가 늘어남에 따라 쇠구슬의 궤도가 더욱 크게 바뀐다는 사실을 알 수 있었다. 또한 질량이 더 큰 쇠구슬로 실험을 하면, 물체의 운동 상태를 유지하려는 성질인 관성이 더 크기 때문에 추의 질량의 영향을 덜 받게 되고, 결과적으로 쇠구슬의 궤도가 덜 휘어질 것이라고 추측할 수 있었다.

실험 3. 질량이 작은 천체들의 밀집도의 변화

그림 17 작은 쇠구슬들을 흩뿌린 모습

세 번째 실험에서는 질량이 작은 쇠구슬 여러 개를 준비하여 평면 위에 흩뿌려 놓은 후 그 변화를 관찰하였다.

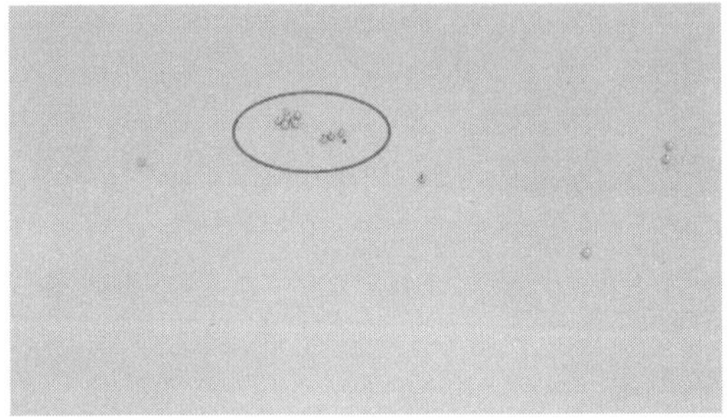

그림 18 작은 쇠구슬들의 위치 변화 1

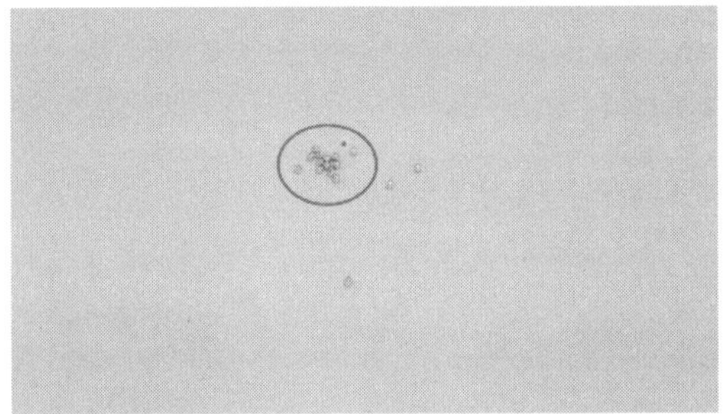

그림 19 작은 쇠구슬들의 위치 변화 2

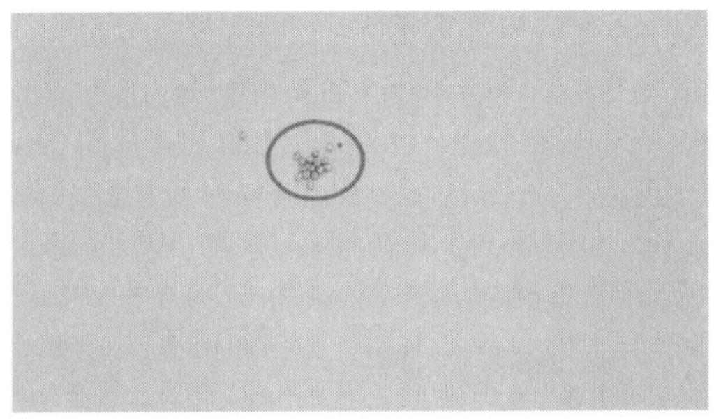

그림 20 작은 쇠구슬들의 위치 변화 3

흩어진 쇠구슬들이 밀집해 있는 곳을 중심으로 쇠구슬들이 점점 모여 한 지점에 위치하게 되었다.

실험 3 결과 분석

밀집한 쇠구슬을 중심으로 다른 쇠구슬들이 모이는 현상은 우주 공간에서 별의 생성 과정에서 관찰할 수 있다. 가스 구름에서 밀도가 높은 곳을 중심으로 중력이 작용하여 가스들이 모이며, 이러한 과정으로 별이 생성된다. 즉, 불규칙한 입자의 배치 속에서 가장 많이 밀집되어 있는 곳으로 입자들이 모인다는 사실을 실험을 통해 확인할 수 있었다.

실험 4. 공전하는 행성의 타원 궤도 운동

평면 가운데에 무게추 10개를 쌓아 놓고, 그 주위로 쇠구슬을 굴릴 때 나타나는 쇠구슬의 궤도를 관찰하였다. 쇠구슬은 타원 궤도를 그리며 운동할 것이고, 추와 가까울 때 쇠구슬의 속력이 가장 빠를 것이라는 가설을 세웠다.

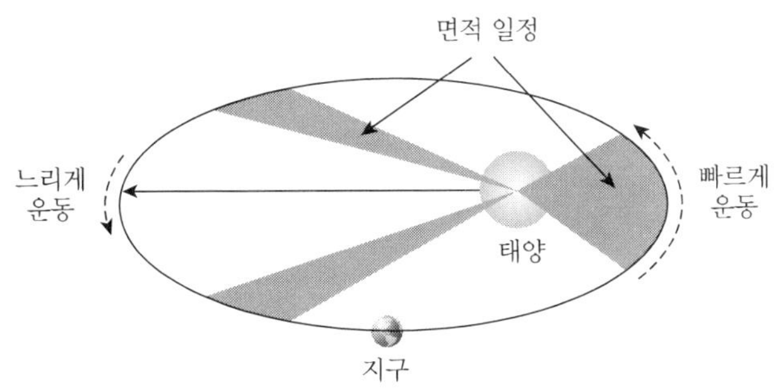

그림 21 태양 주변의 지구의 운동 궤도

실험 4 결과 분석

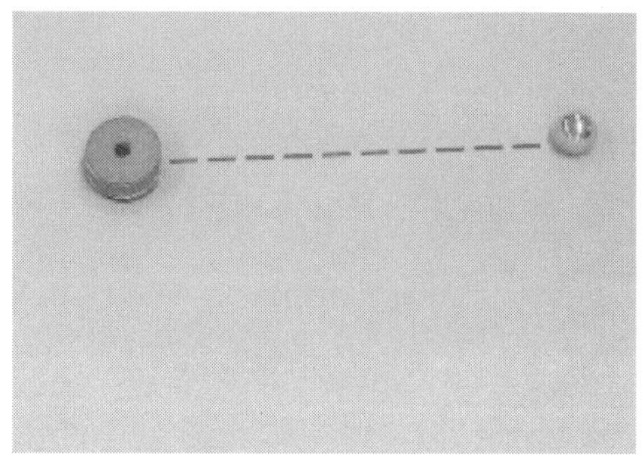

그림 22 추 주위에서 운동하는 쇠구슬(거리가 멀 때)

그림 23 추 주위에서 운동하는 쇠구슬(거리가 가까울 때)

케플러의 법칙에 따르면, 태양 주변에서 공전하는 행성은 타원 궤도를 돌며, 태양과 가장 가까울 때 가장 빠른 속력으로 운동한다. 쇠구슬이 추와 가까울 때 쇠구슬의 모습이 더 흐리게 촬영되었으며, 속력이 더 빠르다는 것을 알 수 있었다.

그런데 우리가 일반적으로 생각하는 공전과는 달리 쇠구슬은 결국 추에 부딪히며 공전을 멈추었다. 어쩌면 당연한 결과일지도 모르지만 이에 대해 추가적인 분석을 해 보았다. 우주 공간에서의 공전은 중력과 원심력의 상호작용으로 이루어진다. 지구가 태양의 중력에 따라 태양을 향해 떨어지는 동안 그만큼 지구는 앞으로 나아가기 때문에 지구는 태양에 부딪히지 않고 공전을 할 수 있는 것이다. 그러나 이번 실험의 실험 장치를 포함한 거의 모든 물체에는 마찰력과 공기 저항이 작용하기 때문에 쇠구슬의 속력은 점점 느려지고, 그에 따라 추가 끌어 당기는 힘이 상대적으로 커지게 되면서 두 물체가 부딪치게 된 것이라고 할 수 있다.

III. 결론 및 제언

1. 결론

실험 1에서는 일정한 힘이 작용하는 경우, 질량에 따른 물체의 가속도를 관찰할 수 있었고, 실험 2에서는 천체의 질량에 따른 행성의 관성과 궤적의 변화를 관찰할 수 있었다. 특히 실험 1에서의 오류를 통해 우주 공간 자체의 변화도 행성 움직임에 큰 영향을 끼칠 수 있다는 사실을 알 수 있었다. 실험 3에서는 별의 생성에서 질량의 밀집도의 영향을 관찰할 수 있었고, 실험 4에서는 천체의 질량과 행성의 타원 궤도 사이의 관계를 볼 수 있었다.

이러한 결과를 조합하였을 때, 천체의 질량으로 인해 발생하는 중력은 행성의 위치, 속력, 궤도 등을 결정하는 중요한 기본 요소라는 것을 알 수 있었고, 이 실험으로 실제 천문 현상들의 모습과 원리를 알 수 있었다.

2. 제언

이 연구는 우주 공간에서의 천체나 행성의 움직임을 지구에서 재현하는 실험이었기 때문에 오차와 외부 요인을 줄이기 위해 노력했지만, 그럼에도 불구하고 실험이 진행되지 않거나 결과값이 불규칙하게 나오기도 했다. 또한, 실험에 따른 결과를 수치로 정리하기 힘든 부분들도 많이 있어서 결과를 분석하고 결론을 도출하는 데 어려움이 있었다.

추후 실험을 한다면 실험 장치의 소재 대해서도 고민을 해 보고, 결과를 수치화할 수 있도록 격자선을 이용하여 측정을 해 볼 필요가 있다.

IV. 참고 문헌

Gravity. 네이버 지식백과, 지형 공간정보체계 용어사전, https://terms.naver.com/entry.naver?docId=3477283&cid=58439&categoryId=58439

궤도. 네이버 지식백과, 물리학백과, https://terms.naver.com/entry.naver?docId=3536938&cid=60217&categoryId=60217

강성주 (2023). [크로스로드] 소행성의 위협으로부터 지구를 지켜라 - DART 미션, 물리학과 첨담기술, 32 (1), 38-40.

솔레노이드의 모양과 내부 자성체 유무에 따른 자기장 변화

○○고등학교 이○○

I. 서론

1. 연구 동기 및 목적

물리 교과 시간에 직선 도선 주위의 자기장에 관한 실험을 했을 때 관찰했던 실험 결과가 흥미롭다고 생각하여 자기장에 관한 실험을 하였다. 솔레노이드는 솔레노이드 모양이나 사용된 도선의 길이 등에 따라 내부의 자기장이 달라진다고 한다. 이를 확인하기 위하여 솔레노이드의 모양과 내부 요인을 지정해서 그에 따른 자기장을 측정하는 실험을 진행하였다.

2. 이론적 배경

(1) 자기장

자기장은 자석 주변에만 있는 것이 아니라, 전류가 흐르는 도선 주변과 지구 주변에도 있다.

자기장 실험에서는 지구 자기장의 방향에 따라 실험 결과가 달라지므로 자기장의 세기를 측정할 때 함께 측정된 지구 자기장을 반드시 고려

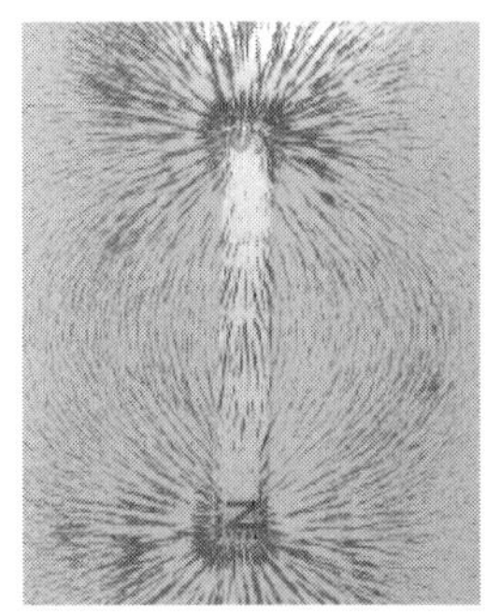

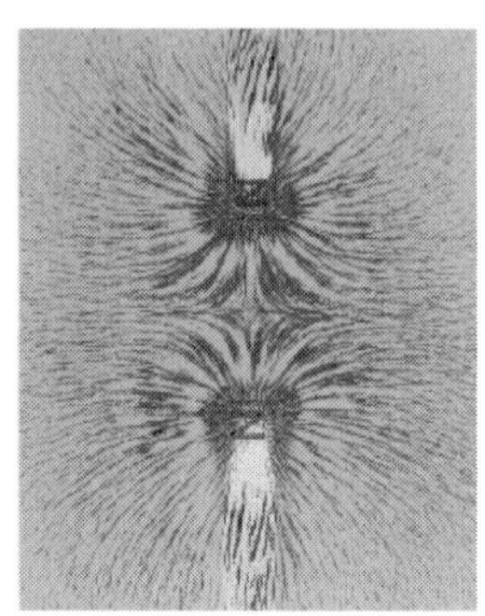

그림 1 막대자석 주변의 자기장

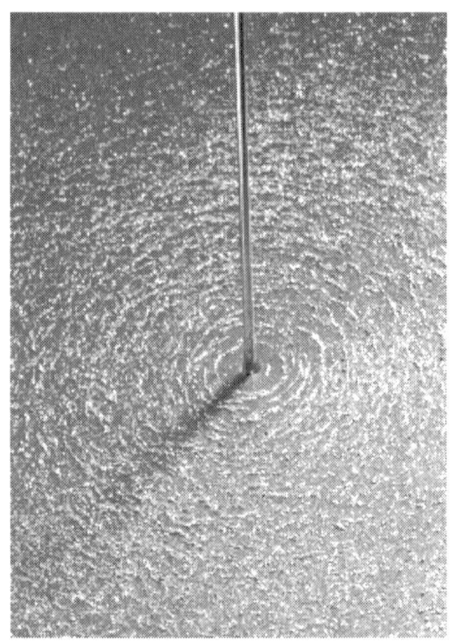

그림 2 전류가 흐르는 직선 도선 주변의 자기장

해야 한다. 또한 솔레노이드 내부의 자기장의 방향은 도선에 전류가 흐르는 방향에 따라 변화하므로 모든 실험에서 도선에 흐르는 전류의 방향을 일정하게 맞추어 결과에 영향을 주지 않도록 해야 한다.

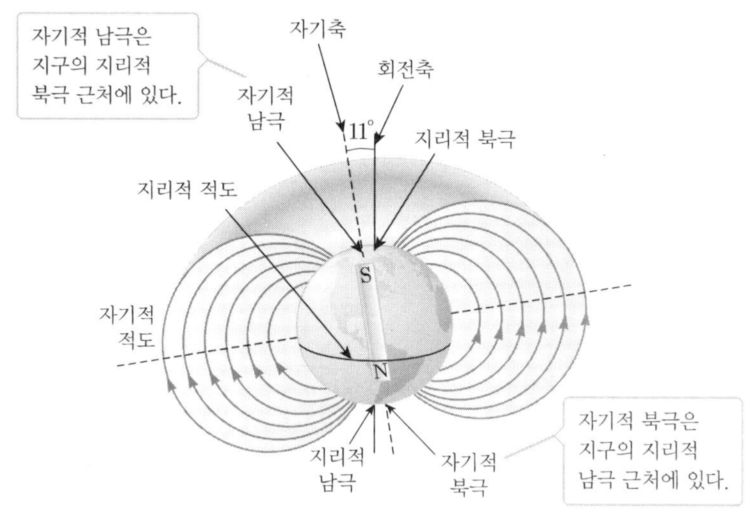

그림 3 지구 주변의 자기장

도선을 원통형 모양으로 감은 것을 솔레노이드라고 하며, 솔레노이드 주변에서의 자기장은 막대 자석 주변의 자기장과 같고 솔레노이드 내부에서의 자기장은 일정하다.

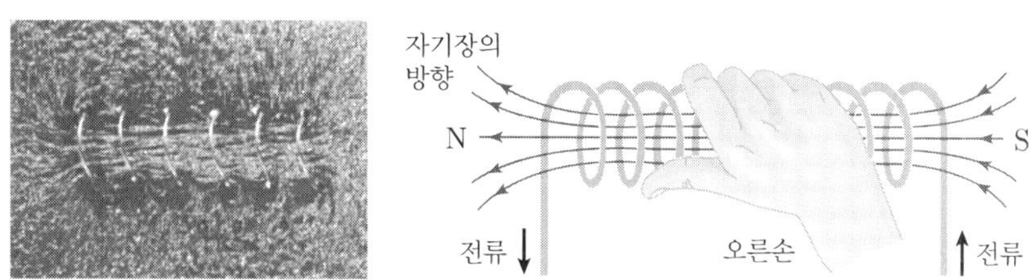

그림 4 솔레노이드의 자기장 및 자기장 방향

솔레노이드 내부에서의 자기장은 다음과 같다.

$$B = knI,\ \ k = 4\pi \times 10^{-7}\text{Tm/A}$$

$$\left(\begin{array}{c} B : \text{솔레노이드 내부의 자기장,} \\ n : \text{단위 길이당 도선의 감은수,} \\ I : \text{전류의 세기} \end{array}\right)$$

(2) 자성체

자성체는 자기장 내에서 자성을 띠게 되는 물질을 말한다. 자성체의 종류에는 강자성체, 상자성체, 반자성체가 있다. 강자성체는 자기장에 의해 자기장의 방향으로 강하게 자화가 되는 자성체로, 외부 자기장을 제거해도 자석의 성질을 잃지 않는다. 강자성체에는 철(Fe), 니켈(Ni), 코발트(Co) 및 그 합금들이 있다. 강자성체는 자석에 달라붙는다.

상자성체는 자기장에 의해 자기장의 방향으로 자화가 되지만 그 정도가 약하고, 외부 자기장을 제거하면 자석의 성질을 잃는다. 상자성체에는 알루미늄(Al), 칼슘(Ca), 마그네슘(Mg) 등이 있다.

반자성체는 자기장에 의해 자화가 되는데, 자기장의 반대 방향으로 자화가 되며, 자화가 되는 정도가 약하다. 반자성체에는 물(H_2O), 수은(Hg), 에탄올(C_2H_6O), 구리(Cu), 금(Au), 은(Ag) 등이 있다. 반자성체와 자석 사이에는 약한 척력이 작용한다.

II. 본론

1. 연구 과정 및 연구 결과

모양이 다른 솔레노이드 3개를 준비하여 실험을 진행하였다. 길이와 단면의 지름이 각각 4cm-4cm, 4cm-8cm, 12cm-4cm인 솔레노이드를 제작하여 사용하였다.

실험 1. 길이가 다른 솔레노이드 내부의 자기장 세기

길이가 각각 4cm와 12cm로 다르고 단면의 지름이 4cm로 같은 솔레노이드 2개를 준비하여 전류의 세기가 2A가 되도록 전류를 흐르게 하여 솔레노이드 내부의 자기장을 측정하였다.

표 1 솔레노이드의 길이에 따른 솔레노이드 내부 자기장의 세기

솔레노이드 길이	전류가 흐르지 않는 경우	전류가 흐르는 경우	솔레노이드의 자기장
4cm	0.043mT	3.318mT	3.275mT
12cm	0.040mT	4.796mT	4.756mT

실험 1 결과

솔레노이드의 길이가 길수록 솔레노이드 내부 자기장의 세기가 컸다. 솔레노이드 내부의 자기장은 단위 길이당 도선의 감은 수와 전류의 세기에 비례하므로 솔레노이드 길이와는 관련이 없어야 하는데, 실험 결과, 솔레노이드 길이에 따라 내부 자기장의 세기가 달랐다.

실험 2. 단면의 지름이 다른 솔레노이드의 내부의 자기장 세기

단면의 지름이 각각 4cm, 8cm로 다르고 길이가 4cm로 같은 솔레노이드 2개를 준비하고, 2A의 전류를 흐르게 하여 솔레노이드 내부의 자기장을 측정하였다.

표 2 솔레노이드 단면의 지름에 따른 솔레노이드 내부 자기장의 세기

솔레노이드 단면의 지름	전류가 흐르지 않는 경우	전류가 흐르는 경우	솔레노이드의 자기장
4cm	0.040mT	3.318mT	3.278mT
8cm	0.041mT	2.216mT	2.175mT

실험 2 결과

솔레노이드의 단면의 지름이 클수록 자기장의 세기가 작았다. 따라서 솔레노이드의 단면의 지름에 따른 자기장의 변화가 관찰되었다. 솔레노이드 내부의 자기장은 단위 길이당 도선의 감은 수와 전류의 세기에 비례하므로 솔레노이드 단면의 크기와는 관련이 없어야 하는데, 실험 결과, 솔레노이드의 단면에 따라 내부 자기장의 세기가 달랐다.

실험 3-1. 솔레노이드 안에 강자성체와 반자성체를 넣었을 때 솔레노이드 내부의 자기장 세기 변화

니켈은 강자성체이고 구리는 반자성체이다. 같은 질량의 니켈과 구리를 솔레노이드 안에 넣고, 솔레노이드 내부의 자기장을 측정하였다.

예상 결과는 '강자성체에 의해서 솔레노이드 내부 자기장의 세기는 증가하고, 반자성체에 의해서는 솔레노이드 내부의 자기장의 세기가

감소할 것이다'이었다.

표 3 자성체 유무에 따른 솔레노이드 내부의 자기장 세기의 변화
: 강자성체와 반자성체 모두 각각 14g

자성체의 종류	전류가 흐르지 않는 경우	자성체가 없을 때	자성체가 있을 때	결과
강자성체 (니켈)	0.056mT	2.103mT	1.688mT	세기 감소
반자성체 (구리)	0.041mT	2.103mT	2.132mT	세기 변화 거의 없음

실험 3-1 결과

반자성체를 넣은 솔레노이드에서는 자기장의 변화가 거의 없었다. 반자성체를 넣은 솔레노이드에서 변화가 없었던 것은 반자성체가 자화되는 정도가 원인이라고 보았다. 반자성체가 자화되는 정도가 강자성체에 비해 매우 작기 때문에 반자성체에 의한 자기장의 변화를 관찰할 수 없다고 추정하였다.

예상 결과에서는 강자성체를 넣은 솔레노이드의 자기장 세기가 증가할 것이라고 생각하였으나, 실험에서는 자기장의 세기가 감소하였다. 내부에 강자성체가 있는 솔레노이드의 자기장이 왜 감소하였는지를 알기 위해서 추가 실험을 진행하였다.

실험 3-2. 강자성체가 들어있는 솔레노이드 내부의 자기장 변화

강자성체인 철의 질량을 실험 3-1의 니켈보다 증가시켜 철을 솔레노이드에 넣었을 때, 솔레노이드 내부의 자기장의 세기의 변화를 관찰하였다.

표 4 자성체에 따른 솔레노이드 내부의 자기장 세기의 변화: 강자성체 철 23g을 넣었을 때

강자성체(철) 유무	전류가 흐르지 않는 경우	전류가 흐르는 경우	결과
강자성체가 없을 때	0.039mT	2.015mT	-
강자성체가 있을 때	0.034mT	1.008mT	자기장 세기 감소

실험 3-2 결과

강자성체인 철의 질량을 증가시켜 솔레노이드 내부에 넣은 경우, 솔레노이드 내부 자기장의 세기가 감소한다는 것을 다시 확인할 수 있었다.

솔레노이드 내부 자기장의 세기가 감소한 것은 다음 그림과 같이 강자성체가 솔레노이드 내부의 자기장과 같은 방향으로 자화되었을 때, 강자성체의 외부 자기장의 방향이 솔레노이드의 내부 자기장 방향에 반대이기 때문이었다.

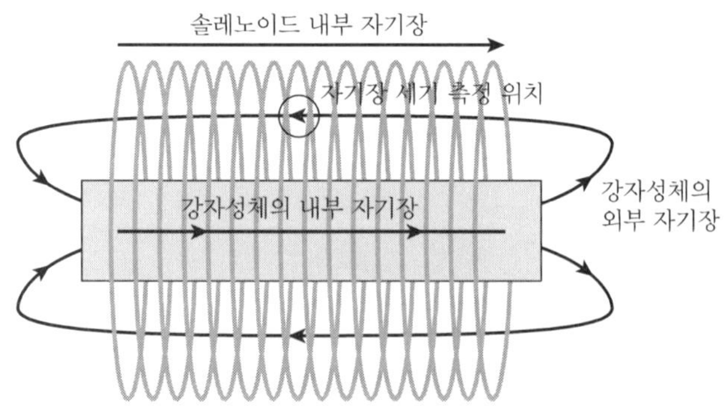

그림 5 솔레노이드 내부와 강자성체의 자기장

실험 4. 솔레노이드 내에서 자기장 측정 위치별 자기장 세기

솔레노이드의 중심으로부터의 위치를 달리하며 자기장의 세기를 측정하였다. 측정한 위치는 그림 6과 같다. 눈금의 간격은 3cm이다.

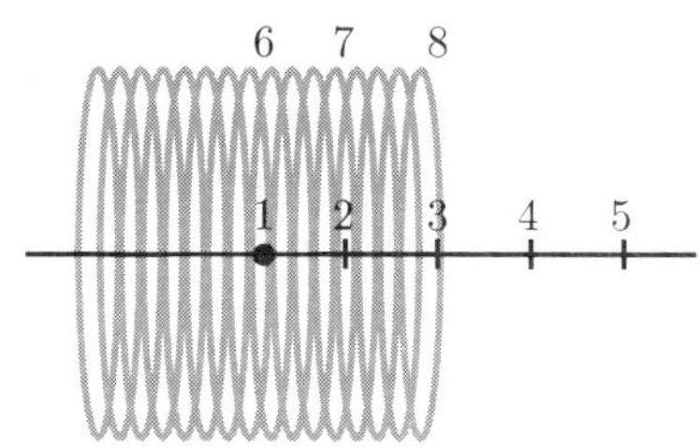

그림 6 솔레노이드의 자기장 측정 위치

표 5 솔레노이드의 중심으로부터의 위치에 따른 자기장 세기

1	2	3	4
4.630mT	4.163mT	1.078mT	0.295mT
5	6	7	8
0.123mT	−0.160mT	−0.282mT	0.321mT

실험 4 결과

중심으로부터 멀어질수록 측정되는 자기장의 세기가 감소한다는 것을 알 수 있었다. 또한 자기장의 감소량은 증가했다.

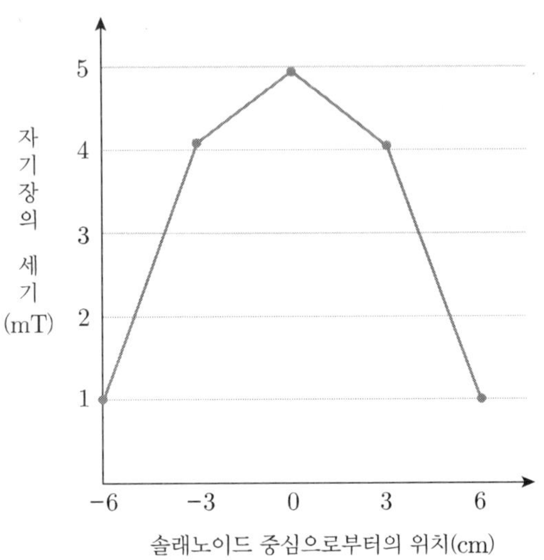

그림 7 솔래노이드 중심으로부터의 위치에 따른 자기장의 세기

III. 결론 및 제언

1. 결론

실험 결과, 솔레노이드의 모양과 솔레노이드 내부 자성체의 유무에 따라 솔레노이드 내부 자기장의 세기는 변화하며, 이론으로 계산한 값과 실제로 측정한 값이 다르다는 것을 알게 되었다.

솔레노이드에 강자성체를 넣고, 솔레노이드 내부의 자기장을 측정했을 때, 강자성체의 외부 자기장이 솔레노이드 내부 자기장과 반대 방향이라는 것을 발견하면서, 자기장 실험을 할 때, 자기장의 방향을 고려해야 한다는 것을 알 수 있었다.

솔레노이드 내부 자기장의 세기 공식 $B=knI$는 길이가 긴 이상적인 솔레노이드에 적용되는 식이었기 때문에, 실험에서 측정한 솔레노이드 내부 자기장의 세기가 솔레노이드의 모양과 자기장 측정 위치에 따라 달랐다는 것을 물리 교과서를 읽고 알게 되었다.

2. 제언

실험의 결과가 예상값이나 예상 결과와 달랐다. 그 이유를 알기 위해, 다시 실험하는 과정에서 실험의 완성도를 높힐 수 있었다. 솔레노이드 실험을 하며 실제 자기장의 세기가 이론으로 구한 값과는 다른 이유와 자기장의 이론식이 어떻게 유도가 되었는지를 알아보아야 겠다는 생각을 하게 되었다.

솔레노이드의 자기장은 작은 외부 요인에 따라서도 변화가 컸기 때문에 실험에서 정확한 측정을 할 수 있는 실험 환경을 갖추지 못한 점이 아쉬웠다.

IV. 참고 문헌

솔레노이드. 네이버 지식백과, 두산백과,
https://terms.naver.com/entry.naver?docId=1114507&cid=40942&categoryId=32240

자성체. 네이버 지식백과, 물리학백과,
https://terms.naver.com/entry.naver?docId=4389767&cid=60217&categoryId=60217

탄소섬유의 단열효과, 방음효과에 대한 고찰

○○고등학교 정○○

I. 서론

1. 연구 동기 및 목적

학교 수업 시간에 탄소의 특성에 대해 배웠다. 탄소의 다양한 활용 방안에 대해 조사하고 발표하는 시간을 가졌는데, 이때 탄소섬유가 구조물의 보강제로 쓰인다는 것을 알게 되었다. 이에 대해 더 알아보던 중에 탄소섬유 시트지가 건물 자체 강도의 보강제 이외로도 사용될 수 있는지 궁금하게 되어 연구를 진행하게 되었다.

이 연구의 목적은 탄소섬유 시트지를 보강제로 사용할 때의 단열효과와 방음효과를 실험을 통해 알아보는 것이다.

2. 이론적 배경

(1) 탄소섬유

탄소섬유는 매우 가볍고 강한 재료로, 항공기나 스포츠 장비 등에 많이 사용된다. 이 재료는 탄소 원자로 구성되어 있는데, 탄소섬유 내부 구조는 결정질 탄소와 비정질 탄소, 이렇게 두 가지 형태의 탄소로 이루어져 있다. 결정질 탄소는 탄소 원자들이 규칙적이고 평행하게 배열된 부분이다. 이 부분에는 탄소 원자들이 마치 깔끔하게 정렬된 병정들처럼 질서 있게 배치되어 있다. 비정질 탄소에서 탄소 원자들은 무질서하게 배열되어 있다. 이 부분은 병정들이 아무렇게나 흩어져 있는 모습과 비슷하다.

결정질 탄소의 흑연 구조에서는 6각형 모양의 격자 형태로 결합한 탄소 원자들이 평평하게 배열되어 있다. 이 구조는 종이 한 장처럼 평면적인 2차원 형태를 갖고 있다. 이 평면 내의 탄소 원자들은 강하게 결합되어 있어 전기와 열을 잘 전달한다. 결정질 탄소에서는 흑연 구조의 평면들이 여러 겹 쌓여 있는데, 이 층들 사이의 결합은 강하지 않고 약한 반데르발스 힘으로 연결되어 있다. 그래서, 층과 층 사이(수직 방향, 즉 z축 방향)로는 전기와 열을 잘 전달하지 못한다. 마치 책의 페이지들이 서로 잘 떨어지지만 한 페이지는 찢어지기 힘든 것과 비슷하다.

탄소섬유의 강한 탄성은 흑연 구조가 섬유의 길이 방향(섬유축)에 평행하게 배열되어 있기 때문이다. 이렇게 배열되면 섬유가 늘어나거나 휘어지는 것을 잘 버틸 수 있다(임연수, 1997).

이러한 탄소섬유는 높은 강도와 가벼운 무게, 낮은 열팽창율 등의 특성 때문에 항공우주, 토목건축, 자동차, 군사, 각종 스포츠 분야에 적용될 수 있다(탄소섬유의 개요, ECO융합섬유연구원 친환경섬유팀, 2018).

탄소섬유가 처음 알려진 것은 약 100년 전 T. A. 에디슨이 대나무 섬유를 탄화하여 전구의 필라멘트로 사용했을 때이다. 공업적으로 제조되기 시작한 것은 1959년 셀룰로스계 섬유를 기초로 하여 생산되었을 때이며 한국에서는 1990년 태광산업이 처음으로 생산에 성공했다(네이버 지식백과).

(2) 탄소섬유의 활용

탄소섬유는 복합재료를 만드는 데 중요한 역할을 한다. 복합재료는 두 가지 이상의 서로 다른 재료를 합쳐서 만든 물질인데 복합재료는 각각의 재료가 가지고 있는 좋은 성질을 모두 갖고 있다. 탄소섬유는 복합재료의 강도를 높여주는 강화재 역할을 한다. 탄소섬유는 매우 가볍고 강하며, 쉽게 부러지지 않기 때문에 복합재료를 더 튼튼하게 만들어 준다. 즉, 탄소섬유는 복합재료의 기지재와 함께 사용되어 외부 하중을 버티는 역할을 한다(이윤선, 송승아, 김완진, 김성수 & 정용식, 2015). 탄소섬유는 태양광 패널 소재인 폴리실리콘 제조 과정에서 단열재로도 사용되고 있다(최민경, 2022).

II. 본론

1. 연구 과정

(1) 구조물 제작

① 가로 30cm, 세로 28cm, 높이 37cm, 두께 1cm의 나무상자 2개를 만든다. 상자의 크기는 임으로 정한 것이다.
② 탄소섬유는 구조물의 보강재료로 사용되기 때문에 탄소섬유 시트지를 상자에 붙이기 전에 시멘트를 각 상자 겉면에 0.5cm 두께로 바른다.
③ 한 상자는 대조군으로 하고, 다른 상자의 겉면에는 탄소섬유 시트지를 붙인다.

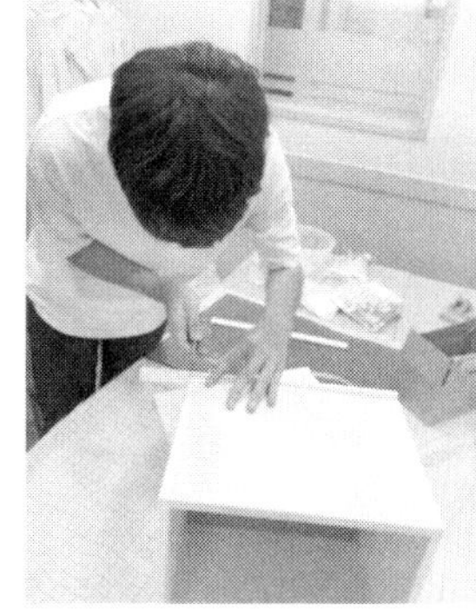

그림 1 구조물을 만드는 모습

④ 이하 대조군 상자를 A, 탄소섬유 시트지로 보강한 상자를 B라 한다.

(2) 탄소섬유 시트지의 단열효과 측정 실험

① A에 드라이아이스 1.5kg을 담아, A 내부의 온도를 낮춘다.
② A 안에 온도계를 넣고 아크릴판을 상자에 덮는다.
③ 30초 간격으로 내부의 온도 변화를 기록하며 5분 30초 동안 진행한다.
④ B도 같은 방법으로 실험한다.

(3) 탄소섬유 시트지의 방음효과 측정 실험

① A와 B 사이에 핸드폰을 넣고 음악을 최대 볼륨으로 튼다.
② 또 다른 핸드폰을 각 상자 안에 넣고 아크릴판으로 각 상자를 덮은 후, 소음 측정 앱을 이용하여 상자 옆에서 나오는 음악 소리의 크기를 측정한다.

2. 연구 결과

(1) 단열효과 측정 실험

표 1 상자 안의 온도 변화 측정

시간(s)	0	30	60	90	120	150	180	210	240	270	300	330
A(℃)	10.4	7.5	5.8	4.6	3.7	2.2	1.4	0.2	0.0	−0.5	−0.9	−1.6
B(℃)	10.0	3.0	−0.7	−3.4	−6.7	−8.7	−10.1	−11.4	−13.0	−14.4	−15.4	−16.7

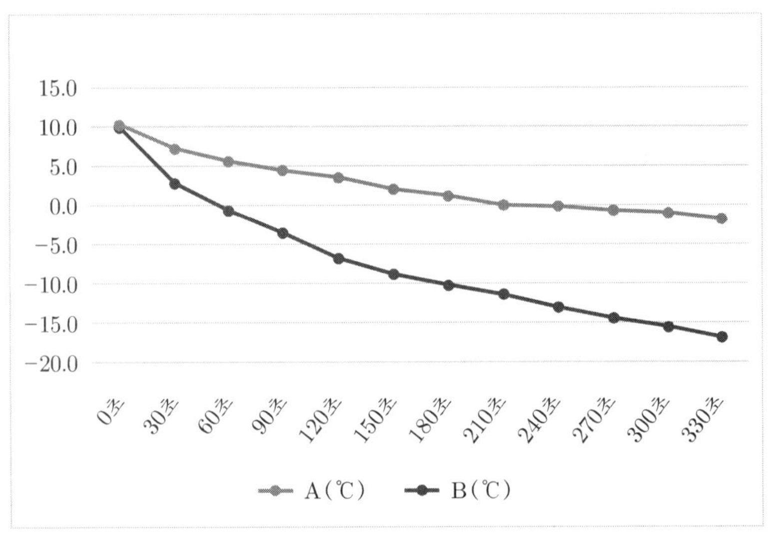

그림 2 상자 안의 온도 변화 측정

A는 10.4℃에서 −1.6℃로 −12.0℃ 만큼 감소하였으나 B는 온도가 10.0℃에서 −16.7℃로 온도가 −26.7℃ 만큼 감소하였다. B의 온도 변화가 컸다. 이것은 외부로부터 열의 출입이 차단되었기 때문이다.

(2) 방음효과 측정 실험

표 2 상자 안의 소리 크기 측정

상자 밖 음악 소리 크기 (dB)	88
A 안 음악 소리 크기 (dB)	66
B 안 음악 소리 크기 (dB)	64

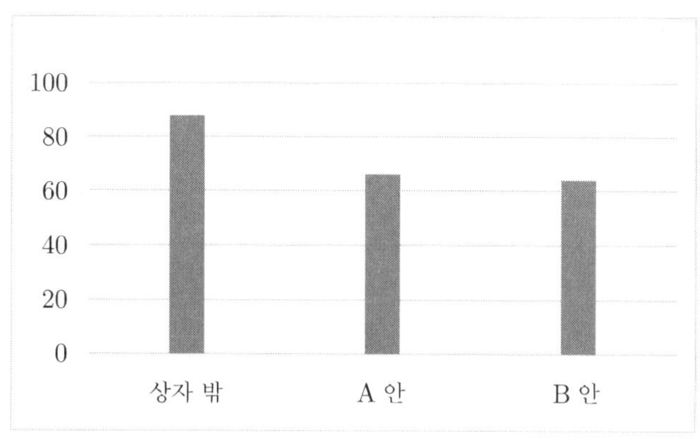

그림 3 상자 안의 소리 크기 측정 (dB)

A와 B의 경우, 핸드폰의 소음 측정기 앱으로 측정한 음악 소리의 크기는 거의 비슷했다.

III. 결론 및 제언

1. 결론

상자에 탄소섬유 시트지를 붙이고 단열효과 실험을 한 결과, 탄소섬유 시트지를 붙인 상자의 경우, 단열효과를 확인할 수 있었다. 이것은 탄소섬유가 단열재로 사용될 수 있음을 의미한다. 이 연구에서 확인한 단열효과는 탄소섬유 층의 수직 방향의 단열효과에 의한 것이라 할 수 있다.

탄소섬유 시트지를 붙이지 않은 상자와 탄소섬유 시트지를 붙인 상자의 방음효과 차이는 상대적으로 미미하였다. 따라서 탄소섬유 시트지는 방음재로 쓰이기에 부족하다고 볼 수 있다.

이 실험 결과로 보아, 구조물의 안정을 위해 보강재로 쓰이고 있는 탄소섬유를 이용하여 주택을 시공하면, 탄소섬유의 단열효과에 의해 난방비의 절감을 도모할 수 있을 것이다.

2. 제언

이 연구에서는 탄소섬유의 방음효과가 크지 않다는 것을 확인하였으나 진동 전달과 관련된 탄소섬유의 물리적인 특성에 관한 실험을 하고, 방음효과 소재의 보조재로서 탄소섬유가 사용되었을 때, 그 효과를 알아보는 것도 의미가 있을 것이다.

IV. 참고 문헌

탄소섬유. 네이버 지식백과, 두산백과, https://terms.naver.com/entry.naver?docId=1167582&cid=40942&categoryId=32091

임연수 (1997). Characterization of Carbon Fiber for Composites, 고분자과학과 기술, 8 (2), 131-138.

이윤선, 송승아, 김완진, 김성수 & 정용식 (2015). 탄소섬유를 이용한 열가소성 복합 재료 시트 제조 및 특성, Composites Research, 28 (4), 168-175.

최민경 (2022). 영역 넓히는 효성 탄소섬유, 태양광용 단열재 진출 검토. 머니투데이, 2022년 03월 16일 수정, 2024년 01월 04일 방문,
https://news.mt.co.kr/mtview.php?no=
2022031516555271553

단열재의 단열효과와 방음효과 비교

I. 서론

1. 연구 동기 및 목적

단열재는 겨울철 추위를 막기 위해서, 혹은 열의 출입을 막아서 적당한 온도를 유지하기 위해서 건축 과정에서 건물에 이용되고 있다. 그런데, 단열재는 단열효과뿐만 아니라 방음효과 또한 가지고 있어 외부의 소음을 차단할 수 있다. 단열재의 단열효과가 높으면 방음효과도 높은지 의문이 생겼다. 이와 관련하여 단열재의 종류에 따라 어떤 단열재가 단열효과와 방음효과가 좋은지 조사해 보고자 연구를 계획했다.

2. 이론적 배경

(1) 단열재의 정의

단열재는 일정한 온도가 유지되도록 하려는 부분의 바깥쪽을 피복하여 외부로의 열손실이나 열의 유입을 적게 하기 위한 재료로, 사용 온도에 따라 100℃ 이하의 보냉재, 100~500℃의 보온재, 500~1,100℃의 단열재, 1,100℃ 이상의 내화 단열재로 나뉘는데, 열전도율을 작게

하기 위해서 다공질이 되도록 만든다(네이버 지식백과).

(2) 단열재의 원리

열은 전도, 대류, 복사에 의해 전달된다. 단열재는 이렇게 전달되는 열을 차단하는 역할을 한다.

① 전도 : 고체 내에서 고체를 따라서 저온부에서 고온부로 열이 전달되는 현상

② 대류 : 열에 의해 밀도의 차이로 물질이 이동하여 열이 전달되는 현상

③ 복사 : 빛이나 전자기파를 쬐어서 열이 전달되는 현상

(3) 단열재의 종류

① 저항형 단열재 : 전도 방법으로 전달되는 열을 차단하는 단열재이다. 열전도율이 낮고 다공질 또는 섬유질의 무수한 기포로 구성되어 있으며 기포에 의한 정지공기에 의해 열전도율을 낮추고 열의 이동을 막는다. 대표적인 저항형 단열재로는 스티로폼이 있다.

② 용량형 단열재 : 열용량이 큰 건축물의 열전달 시간 지연 효과를 이용하여 열을 차단한다는 단열재이다. 흙벽집의 흙이 용량형 단열재의 한 예이다.

③ 반사형 단열재 : 태양광에 의해 적외선 형태로 이동하는 복사열을 차단하는 단열재이다. 알루미늄 박판, 유리 등이 있다.

(4) 여러 가지 단열재

① 그라스울 : 폐유리를 고온에 녹인 후 섬유처럼 뽑아내어 만든 단열재이다. 불연성이라서 방화 용도로 사용되고 있다. 흡음성이 좋다.
② 알루미늄 블랭킷 : 겨울에 여행할 때, 체온을 보호하기 위해 휴대하는 담요이다. 가볍고 유연하다.
③ 뽁뽁이 : 에어캡(Air-cap), 버블랩(Bubble wrap)이라고도 한다. 일명 뽁뽁이는 깨지기 쉬운 물건을 포장하는 데 사용되는 투명하고 부드러운 플라스틱이다. 기포가 충격을 완화해준다. 터지면 뽁뽁 소리가 나서 한국어로 뽁뽁이라고 한다. 이사를 하거나 물건을 배달할 때 요긴하게 쓰이며 집 안의 창문에 붙이는 단열재로 쓰기도 한다. 내부에 대류하지 않는 공기를 머금고 있기 때문에 단열효과가 뛰어나 가정의 에너지 보존을 돕고 있다(위키백과).
④ 암면 : 높은 열에 잘 견디는 인조광물성 섬유이다. 암석을 1600°C 이상으로 용융한 뒤 솜사탕 제조 방법과 비슷한 원심분리장치로 섬유 형태로 성형하여 만든다. 발암물질인 석면의 대체재로 개발되어 비슷한 물성을 가지고 있고, 건축물을 지을 때 단열재나 방화재, 흡음재로 널리 이용된다. 불에 잘 타지 않고 고온에도 견디며, 가볍고 열이 잘 통하지 않는다. 또한 소리를 잘 흡수하고 쉽게 변질되지 않는다. 화학적으로 매우 안정하고 물을 흡수하는 능력이 매우 크다(위키백과).

(5) 소리의 크기 측정

방음효과를 비교하기 위해서는 소리의 크기의 단위인 데시벨(dB)을 알아야 한다. 데시벨 값은 절대치가 아니라 상대치이다. 데시벨이 소리의 크기의 단위로 사용될 때에는 기준 소리의 세기 P_0에 대한 소리의 세기 P의 비에 상용로그를 취한 값으로 정의된다. 기준 소리 세기는 사람의 귀가 간신히 들을 수 있는 세기인 $10^{-12}W/m^2$이다. 데시벨 수치가 10씩 올라갈 때마다 소리의 세기는 기준치의 10배씩 증가한다(위키백과).

$$L_B = 10\log_{10}\frac{P}{P_0}$$

(L_B : 소리의 크기, P : 소리의 세기, P_0 : 기준 소리 세기)

II. 본론

1. 연구 과정

(1) 단열효과 측정 실험

① 글라스울, 알루미늄 블랭킷, 뽁뽁이, 암면, 4종류의 단열재를 준비한 뒤 각 단열재를 아크릴 상자의 6면에 붙인다.
② 아크릴 상자 밖의 온도를 측정한다.
③ 글라스울이 붙여진 아크릴 상자 내부에 온도계를 넣고, 5분 동안 기다린 후, 내부의 온도를 측정한다.
④ 열풍기를 아크릴 상자로주터 30cm 거리에서 놓고, 아크릴 상자를 가열한다.
⑤ 5분 후, 아크릴 상자 외부와 내부의 온도를 측정하여, 온도 변화를 각각 구한다.

⑥ 위와 같은 방식으로 알루미늄 블랭킷, 뽁뽁이, 암면 순으로 단열재의 종류를 바꿔가며 단열효과 측정 실험을 한다.

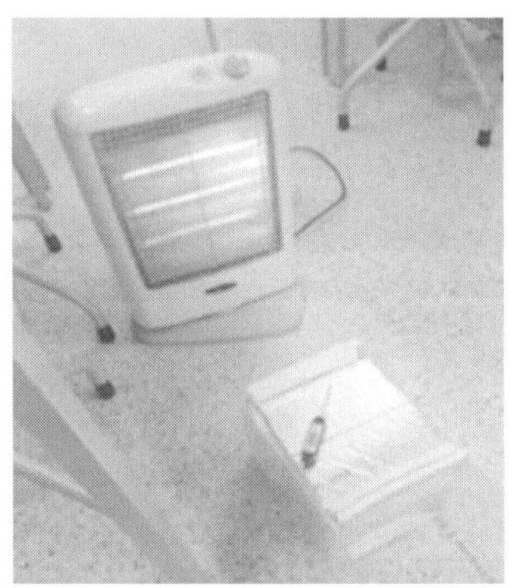

그림 1 단열재를 붙인 상자를 가열하는 모습

(2) 방음효과 측정 실험

① 6면에 글라스울을 붙인 아크릴 상자 외부에서 500Hz의 일정한 주파수의 소리를 발생시킨다. 핸드폰 앱 소음 측정기를 통해 장치 외부에서의 소리의 크기와 장치 내부에서의 소리의 크기를 측정한다(dB 단위).

② 외부에서의 소리의 크기와 내부에서의 소리의 크기의 차를 구한다.

③ 위와 같은 방식으로 알루미늄 보드, 뽁뽁이, 암면 순으로 단열재의 종류를 바꿔가며 방음효과 측정 실험을 진행한다.

2. 연구 결과

표 1 단열효과 결과

단열효과	글라스울	뽁뽁이	알루미늄 블랭킷	암면
처음 온도 (℃)	23.8	24.4	23.7	24.5
가열 후 상자 외부 온도 (℃)	32.4	29.2	31.5	31.7
가열 후 장치 내부 온도 (℃)	24.5	26.7	24.8	26.2
온도의 차이(℃)	7.9	2.5	6.7	5.5

표 2 방음효과 결과

방음효과	글라스울	뽁뽁이	알루미늄 블랭킷	암면
외부 소리 크기 (dB)	40	40	61	30
내부 소리 크기 (dB)	33	35	51	27
소리 크기의 차이 (dB)	7	5	10	3

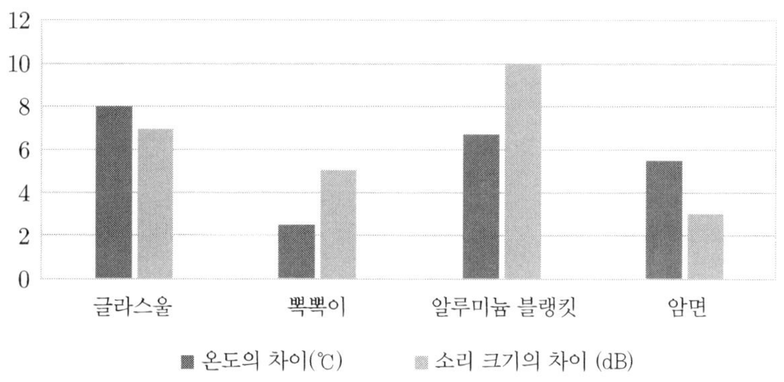

그림 2 단열재의 단열효과와 방음효과

글라스울, 뽁뽁이, 알루미늄 블랭킷, 암면 중에서 단열효과가 가장 큰 것은 글라스울이었고, 단열효과가 가장 작은 것은 뽁뽁이이었다. 네 가지 단열재 중에서 방음효과가 가장 큰 것은 알루미늄 블랭킷이었고 방음효과가 가장 작은 것은 암면이었다.

III. 결론 및 제언

1. 결론

전체적으로 보았을 때, 글라스울과 알루미늄 블랭킷과 같이 단열효과가 비교적 높은 단열재들이 뽁뽁이와 암면과 같은 단열효과가 비교적 낮은 단열재들 보다 방음효과가 큰 것으로 나타났다.

각각의 단열재를 비교해 보면, 글라스울이 알루미늄 블랭킷보다 단열효과는 높은 반면, 방음효과는 알루미늄 블랭킷이 더 높았다. 암면은 뽁뽁이보다 단열효과가 약간 높은 반면, 방음효과는 낮았다. 겨울철이면 유리창으로 빠져나가는 열을 차단하기 위해서 유리창에 뽁뽁이를 붙이는 경우가 많은데, 실험 결과 뽁뽁이의 단열효과가 가장 작았다.

단열재들은 단열효과가 높아질수록 방음효과가 높아지는 경향성은 있으나. 세부적으로 분석해 보면, 두 효과의 관계가 필수적으로 비례하는 것은 아니라는 것을 알 수 있었다.

2. 제언

이 실험과 관련하여 단열재의 어떤 요인이 방음효과를 증가시키는지. 혹은 어떤 종류의 단열재가 단열효과와 방음효과에 모두 효과적인지 알아볼 필요가 있겠다.

IV. 참고 문헌

단열재. 네이버 지식백과, 두산백과, https://terms.naver.com/entry.naver?docId=1079731&cid=40942&categoryId=32337

단열재. 위키백과, https://ko.wikipedia.org/wiki/%EB%8B%A8%EC%97%B4%EC%9E%AC

뽁뽁이. 위키백과, https://ko.wikipedia.org/wiki/%EB%BD%81%EB%BD%81%EC%9D%B4

암면. 위키백과, https://ko.wikipedia.org/wiki/%EC%95%94%EB%A9%B4

데시벨. 위키백과, https://ko.wikipedia.org/wiki/%EB%8D%B0%EC%8B%9C%EB%B2%A8

방이배 (2002). 단열재의 함수율에 따른 단열 성능의 평가, 서울시립대학교, 석사학위 논문.

산성음료에 의한 치아 부식 비교 실험

○○고등학교 이○○

I. 서론

1. 연구 동기 및 목적

산성도가 높은 음료를 섭취하면 치아 건강에 해롭다는 것은 널리 알려진 사실이다. 산성도가 치아에 해로운 이유는 산성도가 높은 음료가 치아의 부식을 유발하기 때문인데 이때 부식 정도는 음료의 산성도와 수학적으로 비례하는지에 대해 궁금해졌다. 산성도가 높은 축에 속하는 음료를 이용해 시간의 경과에 따른 치아 부식 정도를 비교하고 치아의 부식을 막을 수 있는 방법에 대해 생각해 보고자 실험을 계획하였다.

이와 더불어 천연 치약에 관한 실험도 하였다. 천연 치약과 일반 치약의 차이점은 구성 성분이다. 천연 치약 회사들은 천연 치약의 성능이 화학품으로 구성된 일반 치약과 다르지 않다고 주장한다. 주성분이 동식물성 추출물인 천연 치약이 일반 치약 만큼의 성능을 가지고 있는지 궁금해져 이와 관련한 실험을 진행하였다.

2. 이론적 배경

(1) 치아의 부식

치아는 딱딱한 경조직과 부드러운 연조직으로 구성되어 있다. 치아 경조직에는 법랑질과 상아질이 있고, 치아 연조직에는 치수가 있다.

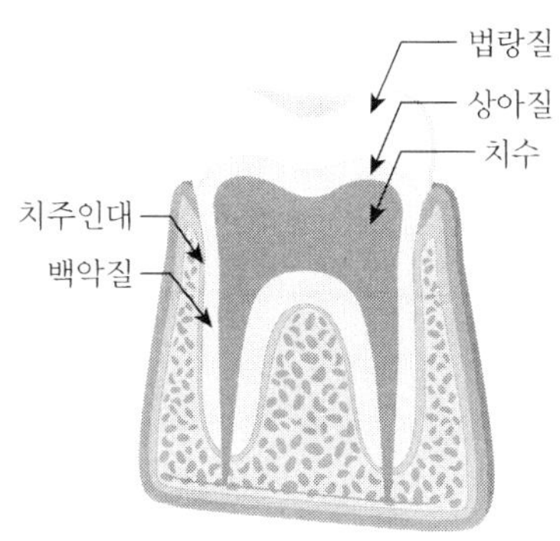

그림 1 치아의 구조(오산라임치과)

치아 경조직이 소실되는 치아 질환으로 치아 우식증과 치아 부식증 등이 있다. 치아 우식증은 세균이 생성하는 산에 의해 경조직이 소실되는 것이고, 치아 부식증은 세균과 관계없이 화학적 작용에 의해 치아의 경조직이 상실되는 현상이다(임경철, 2016).

임경철(2016)의 연구에 따르면, 구강 위생이 좋아지고 치아 우식을 예방, 검사, 치료하는 방법들이 발전하면서 치아 우식증은 줄어들었지만 치아 부식증은 늘어났다.

치아 부식증은 주로 산성 음식이나 음료와 치아가 자주 접촉하면서 발생한다. 치아가 부식되는 원리는 강한 산이나 화학 물질에 의하여 금속 등이 부식되는 것과 같다. 부식이란 금속 표면에서 주위 물질과의 화학 반응에 의해 표면에 변화가 일어나는 현상이다. 금속이 산성용액과 접촉을 하게 되면 부식이 발생한다. 일반적인 금속의 경우 pH가 4보다 낮아지면, 산화막이 용해되어 부식률이 높아지게 되는데 pH가 5.5 이하이면 치아 법랑질에 영향을 미친다.

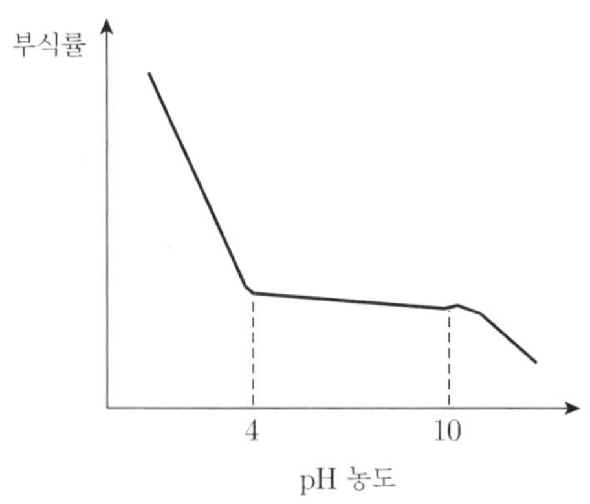

그림 2 pH 농도와 금속의 부식률의 관계(ONL, 2020)

(2) 천연 치약과 일반 치약의 성분

치약에는 치태(플라그)를 제거하고 세균을 없애는 다양한 화학 물질들이 들어 있다. 이런 물질들로는 항생제, 효소, 비스비구아나이드, 방부제, 클로르헥시딘, 과산화물, 트리클로산 같은 페놀류, 금속염, 불소, 당 대체물, 계면 활성제 등이 있다. 이런 물질들은 개별적으로 사용하면 강력한 항균 효과가 있지만, 치약에 첨가되어 오랫동안 사용하면 몇 가지 문제가 생길 수 있다. 예를 들어, 구강 내 세균 생태계가 파괴되거나 치아가 착색될 수 있으며, 다른 성분들과의 상호 작용으로 인해 효과가 줄어들거나 안전성에 문제가 생길 수 있다(조미향, 김 란 &

유상희, 2017).

이러한 합성 의약품의 안전성에 대한 소비자들의 부정적 인식으로 인해서(홍지연 등, 2005), 화학 의약품을 대체할 수 있는 천연물에 대한 연구를 하고 있으며 그중 식물 추출물 개발에 대한 관심이 증가되고 있다(배광학 등, 2001; 홍석진 등, 2001, 조미향, 김 란 & 유상희, 2017).

연구에 따르면, 솔잎, 금은화, 후박 등 식물에서 추출한 천연 성분이 들어간 치약은 충치와 구취를 줄여주고, 잇몸 염증을 예방하고 억제하는 데 효과가 있다고 한다(배광학 등, 2001; 홍석진 등, 2001; 홍지연 등, 2005).

II. 본론

1. 연구 과정 및 연구 결과

실험 1. 산성도 비교 연구 과정 및 결과

치아를 이용할 수 없어서 닭뼈를 이용하여 치아 모형을 제작하여 실험에 활용하였다. 치아 모형을 제작한 이유는 최대한 치아의 모습과 유사하게 보이기 위해서이었다. 닭뼈를 음료가 들어있는 용기에 넣었을 때, 닭뼈의 끝부분이 비커의 바닥과 닿지 않도록 설치하였다.

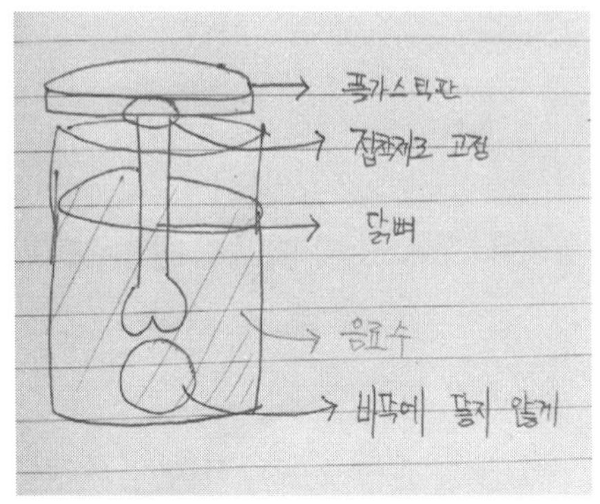

그림 3 치아 모형 설계도

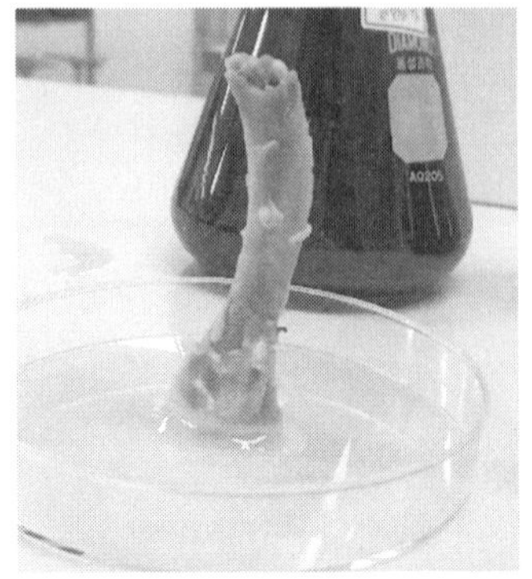

그림 4 완성된 치아 모형

실험에 필요한 음료들을 비커에 따른 후 온도, 산성도를 측정하였다. 산성도를 측정할 때 모든 시료의 부피는 100mL로 동일하게 하였다.

각 치아 모형의 닭뼈의 길이를 줄자로 측정하였으며 이때 길이의 기준은 가장 짧은 곳으로 하였다. 길이를 측정한 부분은 마카로 표시하였다.

치아 모형을 음료가 들어있는 삼각플라스크에 넣어 시료를 완성하였다, 그림 5의 모습의 시료를 냉장 보관하여 1~2주일 간격으로 확인하면서 각 시료의 닭뼈가 줄어든 정도를 기록하였다,

그림 5 준비를 마친 각 시료들

표 1 실험 결과(음료의 온도, pH, 닭뼈의 길이 변화)

	일반콜라	제로콜라	사과주스	탄산수	어린이 음료	물
온도 (℃)	6	6	6	5	7	5
pH (100mL)	2.9	2.6	3.5	4.7	3.6	7.9
실험 전 (cm)	6.0	4.0	4.0	4.0	5.5	6.0
1주차 (cm)	5.7	3.8	3.5	3.8	5.3	6.0
2주차 (cm)	5.6	3.6	3.4	3.6	5.2	6.0
4주차 (cm)	4.5	3.5	3.4	3.6	5.2	6.0

표 2 실험 결과 분석(닭뼈의 길이 변화)

	일반콜라	제로콜라	사과주스	탄산수	어린이 음료	물
실험 전 (cm)	6.0	4.0	4.0	4.0	5.5	6.0
실험 후 (cm)	4.5	3.5	3.4	3.6	5.2	6.0
줄어든 값 (cm)	1.5	0.5	0.6	0.4	0.3	0
산성도가 강한 순위	2	1	3	5	4	6
줄어든 순위	1	3	2	4	5	6

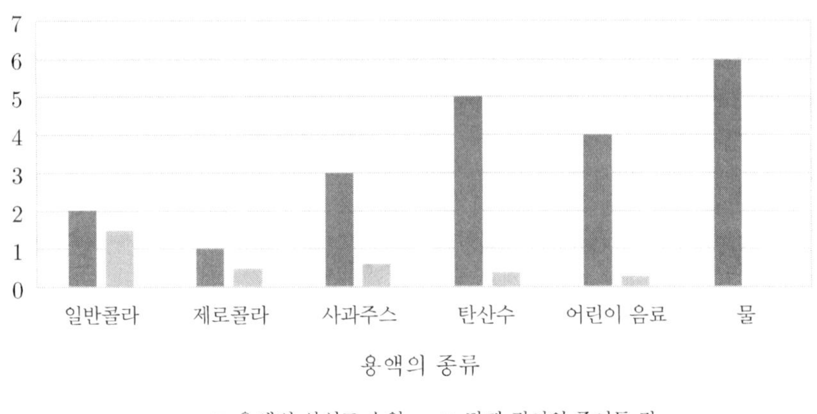

그림 6 시료별 산성도 순위와 부식 정도(순위가 낮을수록 산성도가 높다)

표 2를 통해 산성도와 부식 정도는 완전한 비례 관계를 가지지 않는다는 것을 확인하였다. 하지만 일반콜라, 제로콜라, 사과주스가 포함되어 있는 산성도가 비교적 높은 집단의 음료가 탄산수, 어린이 음료, 물과 같은 산성도가 비교적 낮은 집단보다 부식을 더 많이 일으키는 경향성을 확인할 수 있었다.

실험 2. 천연 치약과 일반 치약의 미백 성능 비교 실험

닭뼈 두 개를 준비한 후 동일한 콜라에 1시간 동안 담근 후, 건져내어 3분간 칫솔질하였다. 이때 뼈 1은 천연 치약을 이용하여 칫솔질하고 뼈 2는 일반 치약을 이용하여 칫솔질하였다.

이후 물에 담궈 치약과 거품을 충분히 씻어낸 후, 각 시료의 표면을 흰 면봉으로 충분히 문지른 후 착색 제거 여부를 비교하였다.

실험 결과 천연 치약의 미백 성능이 일반 치약보다 떨어지는 것을 확인할 수 있었다.

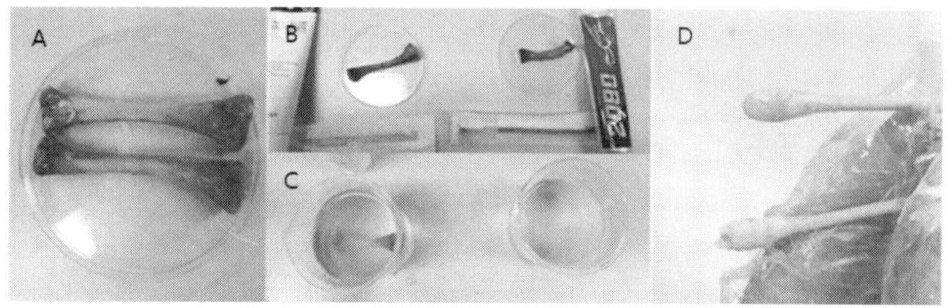

그림 7 (7-A) 콜라에 담그기 전의 닭뼈
(7-B) 콜라에 담근 후의 시료
(7-C) 물에 헹구는 시료
(7-D) 면봉으로 표면을 닦아낸 모습. 위가 천연 치약, 아래가 일반 치약

III. 결론 및 제언

1. 결론

산성도와 치아의 부식 정도는 수학적으로 비례하지 않지만 산성도가 낮으면 부식 정도가 높은 경향성은 발견할 수 있었다. 하지만 실험 전 산성도와 치아의 부식 정도가 수학적으로 비례할 것이라는 예상과 다른 결과가 나온 것을 확인할 수 있었다. 이후 콜라와 사과주스로 더욱 정밀한 비교 실험을 진행하였으나 유의미한 결과를 얻지 못하였다. 이유로는 길이 측정에 문제가 있었을 수 있다. 닭뼈의 길이 변화를 측정할 때, 가장 짧은 쪽을 체크한 후, 측정하였지만 그 과정에 오류의 가능성이 존재한다.

2. 제언

치아 건강의 중요성에 대해 대부분의 사람들이 알고 있지만, 치아의 건강을 위한 실천이 적극적이지 않은 것이 사실이다. 어떤 음료를 먹고 어떤 식품을 먹는지에 따라 치아가 부식될 가능성이 높아질 수 있는지를 잘 알아야 한다. 실험 결과, 제로콜라보다 사과주스가 높은 부식도를 보인 것은 예상하지 못한 결과였다. 이것은 우리 스스로 치아 부식의 가능성에 대해 인지하고 자신의 치아 건강을 스스로 지킬 줄 알아야 함을 의미한다.

IV. 참고 문헌

치아의 구성. 오산라임치과, 네이버 블로그, 2019년 10월 29일 수정, 2024년 01월0 4일 방문, https://m.blog.naver.com/happy135264/221686361573

천제덕, 조은아, 박현배, 최유진 & 김한주 (2018). 음료수 및 섭취 시간이 치아부식에 미치는 영향, 대한치과재료학회지, 45 (3), 169-177.

이정은 (2018) 어린이 음료 산성도 콜라 수준, 환경일보 2018년 05월 04일 수정, 2024년 01월 04일 방문, https://www.hkbs.co.kr/news/articleView.html?idxno=467233

임경철 (2016). 청소년의 치아부식 실태와 식이행동 요인조사, 서울대학교, 석사학위 논문.

ONL (2020). 부식과 pH 농도, 용존 산소도와의 관계, 2020년 05월

02일 수정, 2024년 01월 03일 방문, https://hello-onl.tistory.com/17

조미향, 김 란 & 유상희 (2017). 천연허브추출물을 첨가한 치약의 만족도 조사, 대한치과기공학회지, 39 (2), 111-118.

Hong JY, Kim SN, Ha WH, Chang SY, Jang IK, Park JE, Jung SW, Um YJ, Choi SH & Kim CK (2005). Suppressive effect of curcumaxanthorrhiza oil on plaque and gingivitis, J Periodontal Implant Sci, 35 (4), 1053-1071,

Bae KH, Lee BJ, Jang YK, Lee BR, Lee WJ, Chang DS, Moon HS, Paik DI & Kim JB (2001). The effect of mouthrinse products containing sodium fluoride, cetylpyridinium chloride(CPC), pine leaf extracts and green tea extracts on the plaque, gingivitis, dental caries and halitosis, J. korean Acad Oral Health, 25 (1), 51-59.

Hong SJ, Choi EG, Lim HS, Shon JB & Jeong SS (2001). Effect of herbal dentifrice on dental plaque and gingivitis, J Korean Acad Oral Health, 25 (4), 347-355.

생분해성 플라스틱의 분해 정도와 생분해성 플라스틱이 토양에 미치는 영향

○○고등학교 김○○

I. 서론

1. 연구 동기 및 목적

플라스틱의 생산, 사용 및 소비가 증가함에 따라 1970년대 이후 플라스틱이 인류 건강과 환경에 미칠 잠재적 영향에 대한 우려가 제기되고 있으며 지난 20년 동안 그 빈도와 위험성은 증가하고 있다.

박테리아나 미생물 등 다른 유기 생물체에 의하여 분해될 수 있는 생분해성 플라스틱 사업은 기존 플라스틱 제품의 유해성과 환경 오염 문제를 해결할 대안으로 주목받으며 고속 성장 중이다. 그러나 생분해성 플라스틱은 일반 플라스틱에 비해 kg당 2000~3000원이 더 비싸다. 이는 적지 않은 비용이기에, 과연 생분해성 플라스틱이 플라스틱을 완전히 대체할 수 있을 정도로 환경 오염 정도가 낮은지 의문이 생겼다. 생분해성 플라스틱의 분해 정도와 생분해성 플라스틱이 토양에 미치는 영향을 알아보고자 실험을 진행하였다.

2. 이론적 배경

분해되지 않는 석유화학 기반 플라스틱들은 토양에 매립되고 있으며 자외선에 의해 마모되고 미세 플라스틱화 된다. 마모된 플라스틱의 크기가 100~5000nm일 때 미세플라스틱, 1~100nm 일 때 나노플라스틱이라고 지칭한다. 이들은 환경 오염과 생태계 순환에 큰 영향을 끼치며 상위 포식자인 인간의 신체 내에 축적되어 악영향을 초래한다(Prata et al., 2020; 박상우, 2022).

플라스틱에는 polyethylene(PE), polyvinyl chloride(PVC), polypropylene(PP), polystyrene(PS), polyurethane(PUR) 등이 있다. PP, PVC, PE와 같은 석유화학 기반 플라스틱은 생분해되지 않고 미세플라스틱이 되어 환경오염에 심각한 문제를 발생시킨다(Mohanty, Misra, Hinrichsen, 2000; 박상우, 2022). 이러한 환경오염 문제를 해결하기 위해서 생분해성 플라스틱에 대한 연구가 필요한 것이다.

바이오 플라스틱은 친환경 소재로서 크게 두 가지로 구분할 수 있다. 첫 번째는 일정한 조건에서 미생물에 의해 완전히 분해될 수 있는 생분해성 플라스틱(biodegradable plastics)이며, 두 번째는 재생가능한 물질인 식물 유래 자원 바이오매스(biomass)를 원료로 이용하여 화학적 또는 생물학적 공정을 거쳐 생산되는 바이오매스 플라스틱(biomass-based plastics)이다. 바이오매스 플라스틱 중에는 생분해성을 나타내는 것도 있다(한국바이오플라스틱협회).

생분해성 플라스틱은 일정한 조건에서 자연계에 존재하는 박테리아, 조류, 곰팡이와 같은 미생물이나 분해 효소 등에 의해 물과 이산화탄소로 완전히 분해될 수 있는 플라스틱으로, 바이오매스 또는 화석연료 기반 화합물로부터 만들 수 있다. 생분해성 플라스틱은 연소시키더라도

열 발생량이 적어서 다이옥신 등의 유해 물질이 방출되지 않는다(한국 바이오플라스틱협회).

II. 본론

1. 연구 과정 및 연구 결과

이 실험에서는 생분해성 플라스틱이 식물의 토양 속에서 어느 정도 분해되는지 알아보았다. 플라스틱 빨대 대체제로서 종이빨대가 사용되고 있어서 종이빨대의 분해 정도를 알아보는 실험도 하였다.

분해 실험에서는 생분해성 플라스틱 빨대와 시중에 판매하는 종이빨대를 사용하였다.

실험 1. 생분해성 플라스틱의 분해 정도

학교 화단에서 가져온 흙, 식물이 자라던 토양, 영양 성분이 첨가된 배양토, 3종류의 흙을 준비하여 실험을 하였다.

그림 1 (좌측에서부터) 학교 화단에서 가져온 흙, 식물이 자라던 토양, 영양 성분이 첨가된 배양토

일주일이 지난 후, 생분해성 플라스틱에서 어떠한 가시적인 변화도 관찰할 수 없었기에 손톱 크기로 잘라 다시 3가지 토양에 심었다. 그러나 일주일 후에도 어떠한 변화가 없었다.

실험 2. 종이빨대의 분해 정도

지름이 8mm인 종이빨대 한 개를 2cm 정도의 조각으로 잘라 토양에 넣었다.

그림 2 자른 종이빨대

4일 후 관찰했을 때, 토양의 물기 때문에 축축한 것 이외의 변화를 관찰할 수 없었으며, 종이빨대 역시 생분해성 플라스틱처럼 단기간(4일) 안에는 분해되지 않았다.

실험 3. 생분해성 플라스틱을 넣은 토양의 pH 수치 비교

실험군은 3종류로 나누어 생분해성 플라스틱을 토양에 각각 다른 방식으로 첨가하였다. 가열한 생분해성 플라스틱과 가열하지 않은 생분

해성 플라스틱이 각각 토양에 미치는 영향을 알아보기 위해 300mL 물과 함께 손톱 크기로 자른 60조각의 생분해성 플라스틱 빨대를 35분 가열했다.

실험군 1은 가열한 생분해성 플라스틱을 첨가한 토양, 실험군 2는 가열한 생분해성 플라스틱과 가열할 때 사용한 물을 준 토양, 실험군 3은 가열하지 않은 생분해성 플라스틱을 넣은 토양이다. 이렇게 생분해성 플라스틱을 첨가한 후 일주일 후에 토양의 pH 수치를 측정했다. 대조군은 아무것도 첨가하지 않은 토양이다.

그림 3 생분해성 플라스틱 빨대를 물과 가열하는 과정

그림 4 물과 분리한 가열한 생분해성 플라스틱 빨대

표 1 실험군 1, 2, 3과 대조군의 pH 수치

	1회차	2회차	3회차	4회차	5회차	6회차	7회차	8회차	9회차	10회차	평균
실험군 1	6.50	6.50	6.50	6.00	6.00	6.00	6.50	6.50	6.00	6.00	6.25
실험군 2	7.00	6.50	6.00	6.50	7.00	7.00	7.00	7.00	7.00	7.00	6.80
실험군 3	6.50	7.00	7.00	7.00	6.50	6.00	7.00	7.00	7.00	7.50	6.85
대조군	7.00	7.00	7.00	7.00	7.00	7.00	7.00	7.00	7.00	7.00	7.00

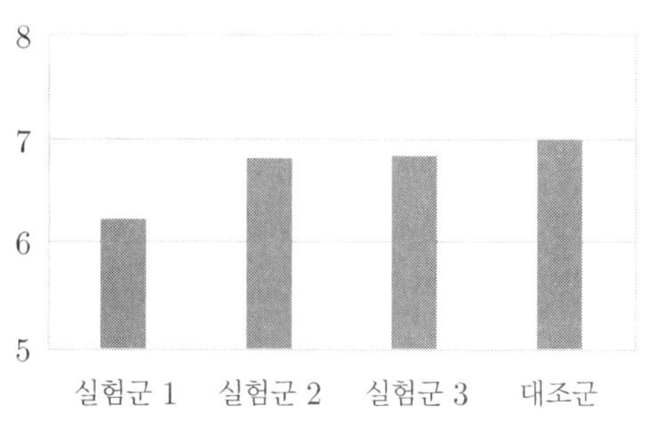

그림 5 pH 수치 비교

실험 4. 종이빨대를 넣은 토양의 pH 수치 비교

종이빨대를 잘라서 토양에 넣고 4일 동안 종이빨대의 분해 과정을 관찰하며 토양의 pH 수치 변화를 관찰했다.

표 2 종이빨대를 넣은 토양의 pH 수치

	1회차	2회차	3회차	4회차	5회차	평균
pH 수치	6.5	7.0	6.5	6.5	7.0	6.7

III. 결론 및 제언

1. 결론

생분해성 플라스틱은 분해 기간이 50일에서 수년까지 다양하기 때문인지 단기간(약 일주일) 동안에는 생분해성 플라스틱의 어떠한 외형적 변화도 관찰할 수 없었으며, 종이빨대도 마찬가지였다.

실험 결과, 생분해성 플라스틱은 토양을 약산성화시켰으며, 가열한 생분해성 플라스틱을 토양에 묻고, 가열할 때 사용한 물을 토양에 공급했을 때 토양의 산성화 정도가 가장 컸다. 종이빨대는 생분해성 플라스틱보다 토양에 묻은 기간이 짧았음에도 불구하고 생분해성 빨대보다 토양을 더 많이 산성화시켰다.

2. 제언

생분해성 플라스틱과 종이빨대가 토양과 식물을 산성화시킨 결과를 보았을 때, 생분해성 플라스틱과 종이 모두 환경에 부정적인 영향을 미치며, 이것은 생분해성 플라스틱과 종이가 플라스틱을 완전히 대체할 수 있을 만큼 안전한 재료가 아님을 의미한다. 따라서 플라스틱은 물론이고, 생분해성 플라스틱을 사용할 때에도 무분별한 사용에 경각심을 가져야 한다. 플라스틱을 완전히 대체할 친환경 재료가 나올 수 있는지도 미지수이기 때문에 가능한 한 플라스틱 사용과 그로 인한 환경 오염을 최소화해야 한다는 것을 이 연구를 통해 알 수 있었다.

IV. 참고 문헌

Prata, J.C., da Costa, J.P., Lopes, I., Duarte, A.C. & Rocha-Santos, T. (2020). Environmental exposure to microplastics: An overview on possible human health effects, Science of the Total Environment, 702, 134455

Mohanty, A.K., Misra, M. & Hinrichsen, G. (2000). Biofibres, biodegradable polymers and biocomposites: An overview, Macromolecular Materials and Engineering, 276 (3-4), 1-24.

박상우 (2022). 리그닌 함량에 따른 생분해성 플라스틱의 생분해도 및 특성 평가, 서울대학교, 석사학위 논문

바이오 플라스틱. 한국바이오플라스틱협회, 2024년 01월 04일 방문, http://www.kbpa.net/skin/page/bio_kr.html

유원재, 권재경, 서진호, 이태주, 안병준, 이수민, 박미진, 이수연, 정한섭, 김석주 & 장수경 (2021). 바이오 플라스틱(Bioplastics)의 기초 및 최신 동향, 국립산림과학원.

문화재의 표면 오염물 제거

○○고등학교 안○○

I. 서론

1. 연구 동기 및 목적

문화재 보존 과학은 현대의 과학 기술과 전통적인 방법을 사용하여 문화재를 원래 모습 그대로 보존하거나 복원하는 학문이다. 이를 통해 문화재를 적절한 환경에서 관리하고 후세에 물려주는 것을 목표로 한다. 문화재 보존에서 '보존 복원'이란 문화재의 예술적 가치 보존을 목표로 원래 상태를 유지하기 위한 작업을 말한다. 이러한 보존 복원의 대상은 발견된 문화재의 대부분이다(FNMK, 2014).

본 연구는 화강암을 재료로 한 석조 문화재의 표면 오염물 제거와 철제 문화재의 표면 오염물 제거를 주제로 한다.

2. 이론적 배경

한반도의 지질 특성상 구성 암석의 30%는 마그마가 식어 형성된 화성암인데 이 중 70%는 심성암인 화강암이다(국토 지리 정보원, 2008). 화강암은 조립질 구조를 가지며 구성 광물의 크기가 크고 눈으로 광물 구별이 가능하다. 화강암은 석영, 사장석, 알칼리 장석으로 구성되어야 하고, 알칼리 장석의 경우 함량이 사장석의 함량보다 많아야 한다. 또 단단하고 균일하며 물의 풍화에 강하다(김종우, 2004). 표면부터 풍화가 일어나며 산성비에도 강하고 환절기 동파와 같이 급격한 온습도 변화에 민감하여 일어나는 현상도 있다(이오희, 2009). 비교적 깊은 지하에서 천천히 냉각된 암석이지만 지각 변동으로 지면에 드러나 채석이 쉽다(한국민족문화 대백과 사전). 한반도 역사에서 석조 문화재의 석재는 대부분 화강암이다(전통건축수리기술 진흥재단; 김종우, 2004). 이것이 화강암을 연구에 활용하기로 한 이유이다.

석조 문화재가 오염되는 원인은 크게 두 가지로 분석된다. 첫 번째는 이끼 등 지의류와 같은 생물들로 인한 생물 피해이다. 해당되는 생물은 암석을 파고들어 균열이 일게 하고 외관상으로도 아름답지 않다. 이러한 피해는 대부분의 석조 문화재에서 나타나는데, 불국사 다보탑, 다양한 지역의 마애불 등에서 나타난다. 두 번째는 사람의 행위로 인한 오염이다. 예측할 수 없고 다양한 양상을 보이지만 대표적인 예로 페인트가 분사된 채 발견됐던 삼전도비(사적 제 101호)가 있다(이찬희, 김선덕, 한병일 & 김영택, 2003; 조현욱, 2007; 신정호 & 이선영, 2015).

이와 같이 석조 문화재의 표면을 오염시키는 물질을 방치하면 약해진 문화재의 표면으로부터 파고들어 더 큰 피해를 입힐 수 있다. 하지만 오염물을 함부로 제거하면 문화재가 쉽게 손상될 위험이 있으므로, 문화재를 최대한 원형 보존하면서 효과적으로 표면 오염물을 제거하는 방법에 관한 연구가 필요하다(대학생 기자단, 2016; 국립문화유산 연구원; 강대일, 2022).

따라서 석재의 원형 보존을 목표로 오염물을 효과적으로 제거하는 방법을 찾는 것이 이 연구의 목적이고 연구 과정에서 페인트 오염의 경우, 원형 보존이 가장 고려해야 할 부분이며, 생물 피해의 경우에는 재발생을 막는 것이 중요할 것으로 보인다(이오희, 2009; 국립문화재연구소, 2008).

녹은 철제 문화재를 관리하고 보존하는 데 있어서 치명적인 위험이 될 수 있어 가장 중요하게 다루어야 한다. 또한 문화재를 보존하기 위해 발견 후 처리하는 과정에서 문화재의 표면 오염물을 제거하는 것이 중요한데, 효과적으로 처리하기 위해서는 녹과 부식에 대한 이해가 필요하다(이오희, 2009; 정지혜, 양희제 & 하진욱, 2013).

녹이란 금속 표면에 생기는 부식 생성물이다. 일반적으로 공기 중의 산소나 수분, 이산화탄소와 금속 성분의 작용에 의해 금속 성분의 산화물, 수산화물, 탄산염 등을 생성하여 표면에 막을 형성하게 된다. 시간이 지남에 따라 녹의 생성이 금속의 내부로 진행하는데, 이로 인해 갑자기 녹을 제거할 경우 즉시 부식된다. 부식은 금속 표면에서 주요 물질과의 화학 반응으로 표면에서 일어난다. 일반적으로 산화되는 것을 의미한다(표준국어 대사전, 2001).

부식 생성물을 제거할 때 녹의 밑바탕에 원래의 표면이 남아 있는 경우도 있으므로 주의해서 처리해야 한다. 소도구를 이용해 제거하는 물리적 방법, 약품을 통해 생성물만 제거하는 물리적 방법, 에탄올이 수분이나 이물질을 대체토록 하는 화학적 방법 등이 존재한다(이오희, 2009; 국립문화유산 연구원).

녹이 일상에서도 많이 발견되는 문제인 만큼, 일상에서 사용되는 방법을 다양하게 비교하여 문화재 보존에도 실제로 활용될 수 있을지 추론해 보고자 하였다.

II. 본론

1. 연구 과정 및 연구 결과

석조 문화재에 관련된 실험을 4가지, 철제 문화재에 관련된 실험을 한 가지로 총 5가지 실험을 수행하였다.

석조 문화재를 대신할 문화재의 원재료로는 화강암을 사용하였고, 표면 오염물을 대신할 물질로 유성 페인트를 사용하였다. 석조 문화재에 관련된 4가지의 실험 중 3가지는 페인트와 화강암을 이용한 실제 실험이며, 다른 한 가지의 실험은 조건이 충족되지 않아 이론적인 정보 조사를 기반으로 한 사고 실험을 한 후, 가설 설정으로 결론을 지었다. 첫 번째 실험에서 물비누와 물, 페인트 제거제를 사용하였고 아세톤을 유기용매로 사용하려 했으나 페인트 성분에서 아세톤을 보존제로 사용하기 때문에 실험에는 이용하지 않았다.

철제 문화재를 대신할 물질로는 화강암이 담겨 있었던 박스의 녹슨 경첩과 나사를 이용하였고, 오염물 제거 물질로는 아세톤과 치약 등을 사용하였으며, 광학 현미경으로 실험에 사용된 물질들을 관찰하였다.

실험 1. 용액에 따른 페인트 오염물 제거 효과 비교

① 화강암 조각에 페인트를 뿌리고 일주일 동안 건조시킨다.
② 실험 당일 다른 화강암 조각에 페인트를 뿌려 건조시킨다.
③ 뜨거운 물과 물비누, 페인트 제거제를 비커에 담아 준비하고, 각 물질 당 일주일간 건조시킨 화강암과 하루 동안 건조시킨 화강암 조각을 하나씩 준비한다.

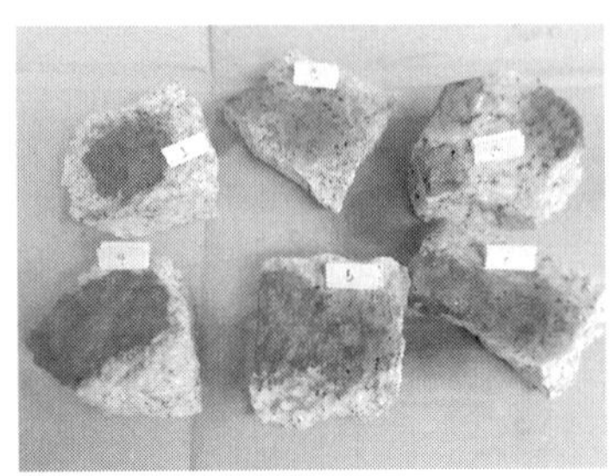

그림 1 페인트를 분사한 화강암(일주일 건조)

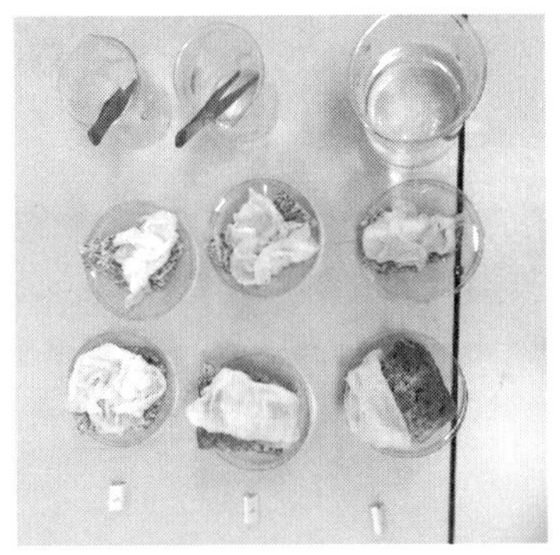

그림 2 왼쪽부터 페인트 제거제, 물비누, 뜨거운 물로 페인트를 제거하는 모습

④ 거즈에 각 물질을 적셔 암석의 페인트가 뿌려진 부분을 덮고 40분 후에 관찰한다.

실험 1 결과

뜨거운 물을 사용한 경우, 실험 전후에 페인트가 지워지는 효과는 거의 보이지 않았고, 당일 건조시킨 암석의 경우에도 실험 전후의 차이가 거의 없었다.

물비누를 사용한 경우 역시 실험 전후에 페인트가 지워지는 효과는

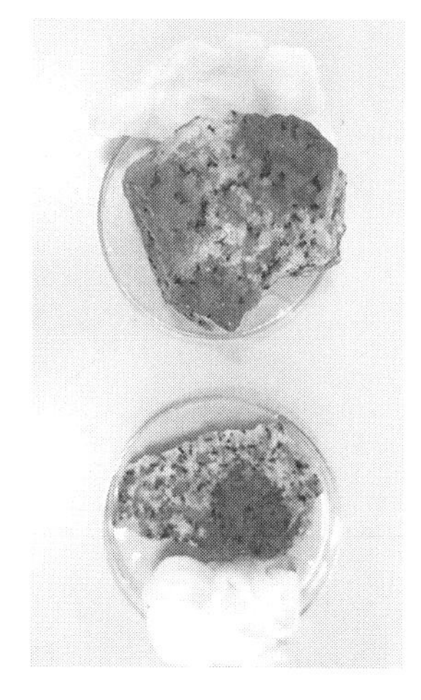

그림 3 물로 페인트 제거

그림 4 물비누로 페인트 제거

그림 5 일주일 건조 후
페인트 제거제 사용

그림 6 하루 건조 후
페인트 제거제 사용

거의 보이지 않았고, 당일 건조시킨 암석의 경우에도 실험 전후의 차이가 거의 없었다.

페인트 제거제를 사용하여 실험한 경우, 거즈에 페인트가 묻어나오는 효과가 있었다. 거즈는 주황빛을 띠었고, 당일 건조시킨 암석도 마찬가지였는데 다만 일주일간 건조시킨 암석에서 더 많은 효과가 나타났다.

실험 2. 페인트 제거제의 효과

① 일주일 간격으로 페인트 제거제를 이용한 습포법을 사용해 꾸준히 실험한다.
② 총 3주간 실험한다.

실험 2 결과

처음과 비교했을 때 눈에 띄게 페인트가 제거된 효과를 볼 수 있었다. 페인트가 진하게 묻어서 암석의 결정이 보이지 않았던 부분까지 형체를 알아볼 수 있을 정도로 제거되었다. 제거제를 한 번에 많이 사용하는 방법보다 조금씩 나누어서 오랜 시간에 걸쳐 사용하는 것이 효과적이었다.

그림 7 첫 실험 당시 일주일 건조한 화석

그림 8 첫 실험 당시 하루 건조한 화석

실험 3. 화강암의 마모 정도와 페인트 오염물의 관계

① 페인트를 분사하고 3주간 건조시킨 화강암 조각과 페인트를 분사

하지 않은 화강암 조각을 같은 강도의 사포로 2분 동안 120번 문질러 마모시킨다.

② 실험 과정 ①을 2회 반복한다.

실험 3 결과

페인트를 분사하지 않은 암석을 마모시킬 때 사포가 더 빨리 닳아 매끄러운 소리가 났다. 페인트를 분사한 암석의 경우 일부가 떨어져 나가 조각으로 관찰되는 등 크게 마모되었다.

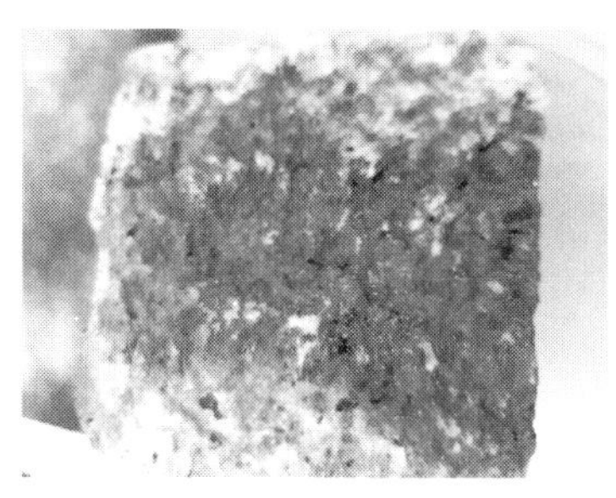

그림 9 페인트 오염물이 묻은 화강암을 사포로 문지른 모습

실험 4. 화강암의 생물 피해 처리 방법(사고 실험)

학교 근처의 숲에서 이끼류를 관찰해 본 결과, 바위 같은 암석에 이끼가 드물게 자라고 있었다. 이끼는 바위가 땅과 붙어 있는 부분에서 주로 자라며, 커다란 암석에서 주로 자라고 작은 암석에는 자라지 않았다.

또한, 이끼는 땅이나 흙 등과 함께 섞인 보도블럭 가장자리에서도 자라며 보도블럭를 이루는 조각들이 일부 떨어져 나와 있어 살펴보니 쉽게 뭉개지고, 습해서 이끼류가 자라기 쉬워 보였다.

실험 4 결과 예측

생물 피해를 입은 암석을 처리한다고 할 때 우선 그 생물이 지의류인지 선태류인지 분류해야 할 것이다. 지의류의 경우 느리게 생장하므로 화학 약품을 쓰지 않고 문화재가 손상되지 않도록 하면서 소도구를 이용해 제거해도 쉽게 다시 자라지는 않을 것이다. 그러나 선태류의 경우 쉽게 자라므로 물리적 방법으로는 다 해결되지 않을 가능성이 높다.

선태류는 주로 포자 번식을 하며 습한 곳에서는 더욱 빨리 자라므로, 이끼가 암석을 뒤덮은 경우 빠르게 처리할수록 좋을 것이다. 제초제를 희석하여 습포법을 이용하고 소도구로 긁어내는 것도 좋지만, 문화재를 이동시킬 수 있다면 우선 건조한 곳으로 이동시켜 습도와 온도를 조절하여 환경을 통제하는 방식으로 보존을 시작한다면 더욱 효과적일 것이다. 그러기 위해서는 맨눈으로는 쉽게 파악하기 힘든 문화재의 구조나 골격, 상태를 알아보기 위한 방법으로 X선을 이용하는 과정이 필수적일 것으로 보인다.

또한, 보존 처리 과정을 최소화하기 위하여 암석 문화재를 보존할 때 가장 중요한 것은 시멘트와 콘크리트 같은 인공 물질을 보존에 함부로 사용하지 않는 것이다. 이것은 모래, 자갈 등으로 만든 혼합물이므로 입자 사이에 수분이 흡수되기 쉽고 수분이 많으면 선태류 등이 자라기 쉬운 환경이 만들어질 수 있기 때문이다.

실험 5. 물질에 따른 부식 오염물 제거 정도 비교

부식 오염물인 녹을 제거하기 위한 물질로 사용한 것은 아세톤과 치약이었다. 일상 속에서 녹 제거를 위해 대표적으로 쓰이는 물질이라서

선택하였으며, 아세톤은 산성, 치약은 염기성을 띠는데 어떤 물질이 더 효과적인지, 그 효과가 있는 이유는 무엇인지 알아보기 위해 선택하였다. 용액을 사용한다고 해서 무조건 화학적 방법인 것이 아니라, 용액의 종류에 따라 물리적 방법과 화학적 방법으로 나뉘게 되는데, 각 물질을 이용한 경우, 그것이 어떤 방법에 속하는지 알아보고 싶어서 두 물질을 선택하였다.

① 녹슨 철제 장식물을 나무 상자에서 조각도를 이용해 조심스럽게 분리한다.
② 치약을 물에 녹인 용액과 아세톤을 각각 10mL씩 준비한다.
③ 용액을 플라스틱 약병에 담고 녹슨 철제 장식물을 용액 속에 담근다.
④ 일주일 동안 상태를 유지한 후 관찰한다.

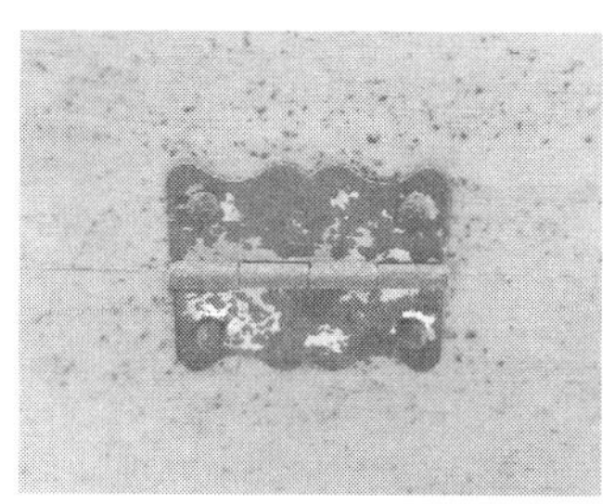

그림 10 철제 장식물

실험 5 결과

아세톤을 사용하여 녹을 제거하는 방법이 비교적 더 효과적으로 나타났다. 본래 장식물의 색인 은색을 띠는 면적이 치약을 사용했을 때보다 더 넓으며, 치약을 사용한 경우, 까맣게 녹슨 부분이 더 많이 남아 있었다. 장식물을 용액에서 빼내어 세척한 후에 용액을 다시 관찰하니 부식 생성물이 떨어져 나온 것이 관찰되었다.

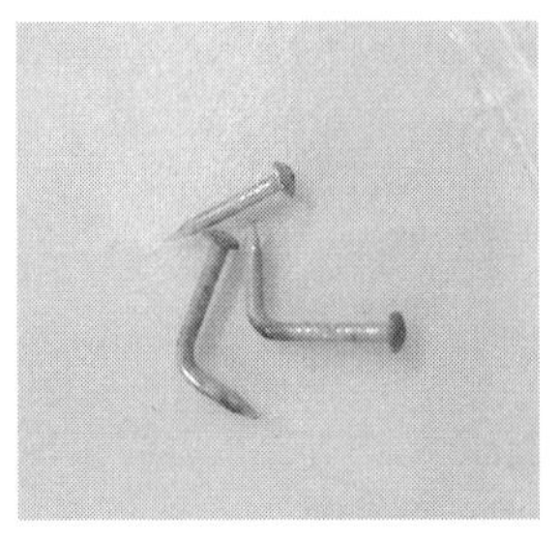

그림 11 아세톤으로 녹을 제거한 경우

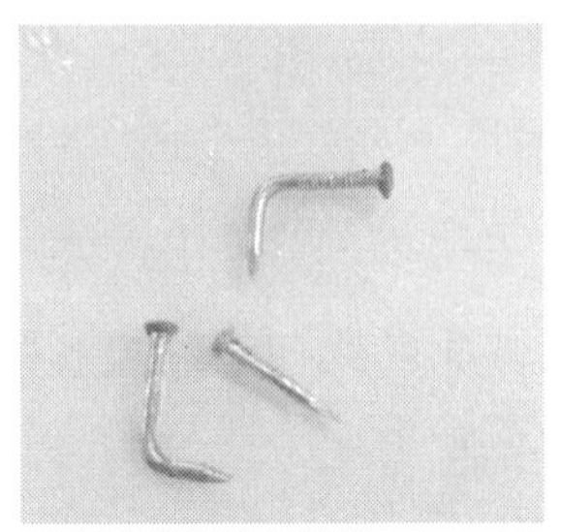

그림 12 치약으로 녹을 제거한 경우

III. 결론 및 제언

1. 결론

화강암의 페인트 오염물을 제거하는 과정에 있어서 뜨거운 물이나 물비누보다는 페인트 제거제가 확실한 효과를 보였다. 꾸준히 실험한 결과, 페인트 제거제를 사용했더니 3주 만에 페인트 오염물에 가려졌던 암석의 결정이 보이는 등 대략적인 제거가 가능했다.

실험 과정에서 비교적 오래 건조시킨 페인트 오염물의 경우 더 빨리 제거되었는데, 이를 통해 실제로 문화재에 적용할 때도 표면이 아주 약하지 않은 경우에는 페인트 오염물이 완전히 건조된 후에 제거하는 것이 좋다는 결론을 내렸다.

실험 결과, 페인트 오염물이 암석이 크게 마모되는 과정에 영향을 미치는 것으로 추측된다. 물리적 제거 방법은 문화재의 원형 보존에 도움이 되지 않는 것으로 나타났다.

생물 피해의 경우, 지의류, 선태류 등 생물 피해를 일으킨 생물의 종류를 분석한 후 습도 조절 및 제초제 사용으로 생물을 제거해야 하고, 보존을 위해서는 혼합물을 함부로 사용하지 않음으로써 생물 피해를 미리 방지할 필요가 있다.

철제 문화재 오염물 제거는 치약보다 아세톤이 더 효과적인 것으로 나타났다. 아세톤이 상온에서 쉽게 기화하는 성질을 고려하여 실제로 문화재 보존에 사용한다면 통기가 잘 되는 공간에서 처리해야 할 것이다.

2. 제언

오염물의 제거는 완벽하지 않아도 문화재의 원형 보존을 목표로 삼아야 한다는 점과 생물 피해에 대한 실제 실험을 수행하지 못한 점을 고려하여, 새로운 실험을 계획하게 된다면, 조금 더 오랜 시간 동안 꾸준히 할 수 있는 실험을 할 것이다. 관련 지식이 더 많다면 다양한 생물을 활용하는 실험을 해 볼 수 있겠다고 생각했다.

IV. 참고 문헌

FNMK (2014) 문화재의 보존과 복원, 2014년 11월 30일 수정, 2024년 01월 04일 방문, https://blog.naver.com/PostView.nhn?blogId=cti0908&logNo=220196060302

국토 지리 정보원 (2008). 한국 지리지 총론편.

김종우 (2004). 산성비에 의한 화강암의 풍화와 물성변화에 관한 연구, 용인대학교 예술대학원. 석사학위논문.

이오희 (2009). 문화재 보존과학, 주류성.

대보운동. 한국민족문화 대백과 사전, https://encykorea.aks.ac.kr/Article/E0014414

석재. 전통건축수리기술 진흥재단, https://www.kofta.org/architecture /Material/traditionstone.jsp

이찬희, 김선덕, 한병일 & 김영택 (2003). 진천태화4년명 마애불의 풍화훼손도 평가와 보존처리, 대한지질학회지, 39 (3), 319-335.

조현욱 (2022). 조선 사적 삼전도비 페인트 낙서로 훼손, 중앙일보, 2007년 02월 08일 수정, 2022년 09월 06일 방문, https://www.joongang.co.kr/article/2629824#home,

신정호 & 이선영 (2015). 콩과 식물의 chlorophyllase를 이용한 석조문화재 보존 방안과 지의류 연구, 제 61회 전국화학전람회, 국립중앙과학관, 작품번호 2404.

석조문화재 보존관리 방법을 개선하기 위한 처리지침을 마련하다, 대학생기자단 네이버 블로그(국가유산청 정책소식), 2016년 04월 26일 수정, 2022년 09월 06일 방문, https://blog.naver.com/chagov/220693187611,

석조문화유산 보존처리 소개, 문화유산보존과학센터, 국립문화유산연구원, https://www.nrich.go.kr/conservation/page.do?menuIdx=683

강대일 (2022). 보존과학, 기억과 가치를 복원하다, 덕주.

국립문화재 연구소 (2008). 석조문화재 페인트 낙서 제거방안, 국가유산청 간행물, https://vvd.bz/eGNV

정지해, 양희제 & 하진욱 (2008). 보존처리 후 철제유물에 생성된 부식물 특성 연구, 한국문화재보존과학회, 29 (4), 297-309.

표준국어 대사전, 세화 편집부(박룡 외 10인), 세화, 2001.

금속문화유산 보존처리 소개, 국립문화유산연구원 문화유산보존과학센터, https://www.nrich.go.kr/conservation/page.do?menuIdx=681

액성에 따른 알약 분해 실험

○○고등학교 신○○

I. 서론

1. 연구 동기 및 목적

오늘날 우리는 다양한 의약품과 관련된 문제들을 안고 살아가고 있다. 특히 약물 오남용의 경우, 이미 2015년 전체 국민 중 1/6이 약물 오남용에 노출되어 있으며, 특히 20대가 당시 기준 20.7%로 가장 높다고 한국 보건 사회 연구원 채수미 전문 연구원은 밝혔다(강환웅, 2015).

건강 보험 심사 평가원은 의약품 오남용 비율이 2019년 기준으로 2015년에 비해 14.8% 증가하는 등 현재까지 끊임없는 증가 추세를 보이고 있다고 한다(곽성순. 2019). 따라서 이러한 약물 오남용을 피하고 적합하고 정확한 약물 복용법을 찾기 위해서 이 연구를 진행하게 되었다.

한국 건강 기능 식품 협회의 '2021년 건강 기능 식품(건기식) 시장 현황 및 소비자 실태 조사'에 따르면 지난해 건강 기능 식품 시장 규모는 5조 454억 원에 달하는 등 건강 기능 식품 및 영양제에 대한 관심도 및 소비량이 증가하는 추세이며 특히 2030 소비자가 차지하는 비중은 32%로 전년 대비 4% 증가하는 등, 청년층의 의약품 소비량이 증가하고 있다. 이런 소비량에 비례하여 청년층의 약물 오남용 사례 또한 증가할 것으로 예상된다. 이러한 이유로 일반인들이 일상적으로 많이 접하는 영양제 중심으로 연구를 진행하기로 했다. 특히 각 약품이 어디서 분해되고 어떤 조건에서 분해가 효율적으로 이루어지며, 그에 따른 적절한 복용법은 무엇인지 알아보고자 한다.

2. 이론적 배경

(1) 장용성 코팅

장용성 코팅은 알약을 보호하는 특별한 코팅이다. 이 코팅은 알약이 위에서 분해되지 않도록 도와준다. 예를 들어, 회충을 제거하기 위한 약을 먹을 때, 이 약은 위를 지나 장과 담도에서 효과를 발휘해야 한다. 하지만 위액은 매우 강한 산성을 띠고 있어서, 만약 약이 산성에 약하다면 위를 지나면서 분해되어 효과가 없어질 수 있다.

이 문제를 해결하기 위해 산성 환경에서는 안정하지만 알칼리성 환경에서는 분해되는 장용성 코팅이 사용된다. 장용정 코팅을 이용하면 약이 위를 무사히 통과하여 장에서 제대로 작용할 수 있게 된다. 장용성 코팅의 영문명이 'Enteric Coating'이기 때문에 장용성 코팅이 적용된 의약품에는 'EC'라는 표기가 붙는다(네이버 지식백과).

(2) 알약 코팅 재료

1884년에 케라틴 단백질을 사용한 경구용 알약 코팅법이 처음 개발되었으며, 연구를 통해 케라틴 코팅이 위에서 안정적이지 않다는 것이 밝혀졌다(Bukey & Rhodes 1935). 이후, 포르말린-젤라틴, 스테아르

산, 살롤(페닐살리실산) 등의 다양한 재료들이 장용성 코팅에 사용되었다. 장용성 코팅의 재료로는 인도와 태국에서 주로 서식하는 락 곤충(lac bug)이 분비하는 천연 왁스인 셸락(shellac)이 자주 사용된다. 최근에는 제약 업체들이 어유(fish oil)에서 추출한 오메가-3 지방산을 장용성 코팅 재료로 사용하고 있다(Worton, Kempf, Burrin & Bibbins 1938; 주미, 현복진, 김운학 & 김옥녀, 1998).

(3) 장액

장액은 소장에서 분비되는 소화액이다. 장 점막 상피에서 분비되며, 점액과 상피세포, 백혈구도 약간 포함되어 있다. 장액은 거의 투명한 황색을 띠고 있고, 알칼리성이다. 소장 내에서 음식물이 소화될 때 분비되는 소화 효소는 장액에 포함되지 않는다. 소장 내강의 미세 융모는 미세 융모 집합체를 형성하며, 소화 효소는 미세 융모 집합체에 존재한다.

음식물의 소화는 쓸개즙과 이자액 내의 소화 효소의 작용으로 완료되며, 완전히 소화되지 않은 단백질과 탄수화물은 미세 융모 집합체에서 소화가 완료되어 소장 상피 세포로 흡수된다. 보통 식후 2시간이 지나면 위에서 내려온 음식물인 유미즙이 소장에 도달하고 장액 분비가 시작되며, 이 과정은 보통 수 시간 동안 계속된다.

① 십이지장액 : 브루너 선에서 분비되며 무색이고 점성이 있고 알칼리성이다. 지방과 전분의 분해 작용을 하며, 기계적 자극이나 장내 지방 등에 의해 분비가 촉진된다. 이자액에 포함된 트립시노겐을 활성화하는 엔테로키나아제가 포함되어 있다.

② 소장액 : 장선 및 상피 세포에서 분비되며, 원심 분리하면 황색으로

투명한다. 인단백질성의 점액을 포함한다. pH 7.7의 알칼리성이며 대부분 수분이고, 염화나트륨과 탄산나트륨이 포함되어 있다. 음식물이 장에 들어왔을 때 장 점막의 기계적 자극이나 화학적 자극, 또는 세크레틴 등의 영향을 받아 분비된다.

③ 대장액 : 무취이고 점조성의 액체로 대개 중성이다. 기계적 자극에 의해 분비된다.

(네이버 지식백과)

(4) 위액

위샘에서 분비되는 위액은 무색 투명하고 약간 점성이 있는 pH 1.0의 강산성으로 하루에 1.5~2.5L 정도 나온다. 위샘은 주세포, 벽세포, 부세포로 구성되어 있으며, 각각 펩시노겐, 염산, 점액을 분비한다. 펩시노겐은 단백질을 분해하는 효소이다. 염산은 펩시노겐이 펩신으로 활성화되도록 하고 위의 살균 작용을 하여 세균의 위장 침입을 막아준다. 점액은 위벽을 보호하여 펩신에 의해 위 점막이 자가 소화되는 것을 막는다.

위액에는 응유 효소(레닌)도 있어 유단백질을 응고시키는 역할도 하고, 지방 분해 효소도 있지만 위에서는 소화 작용을 거의 하지 않는다. 위액의 분비는 음식물의 맛이나 냄새에 의해서, 또는 음식물이 위에 들어가 음식 성분이 위샘을 자극할 때, 그리고 위 내용물이 십이지장으로 들어갈 때 주로 이루어진다. 식사의 종류나 감정 상태에 따라 위액 분비량이 달라지기도 한다. 예를 들어 지방성 음식물은 위액 분비를 억제하지만, 소화가 어느 정도 진행되면 위액 분비가 촉진될 수도 있다(네이버 지식백과).

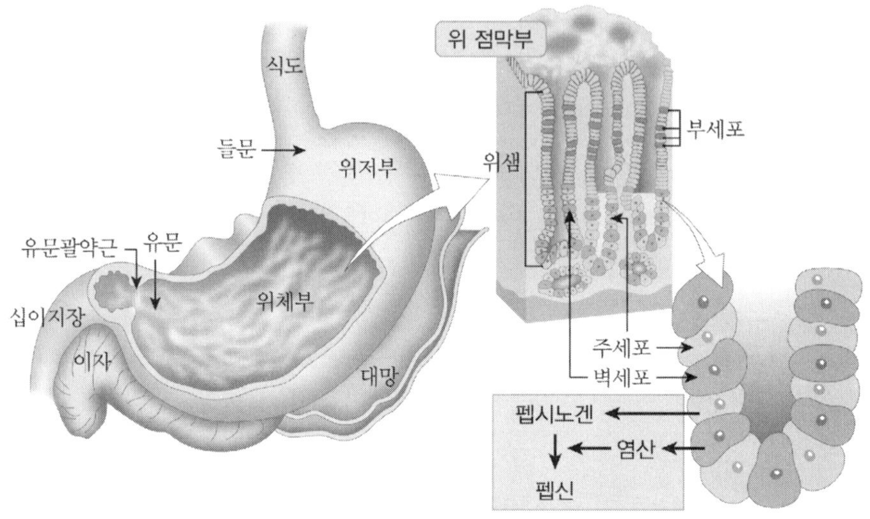

그림 1 위의 구조와 위액(네이버 지식백과)

II. 본론

1. 가설 설정

1) 가설 : 프로폴리스, 미네랄비타민, 프로바이오틱스와 같이 영양소나 유산균을 체내에 흡수하게 하는 알약의 경우, 소장이나 대장에서 흡수되어야 하므로 알칼리성이 강한 용액에서 분해가 용이할 것이고, 젤라틴으로 코팅된 오메가3와 같은 알약의 경우 산성도가 높은 용액에서 녹을 것이다.

2) 변인

- 조작 변인 : 용액의 종류(인공위액, 인공장액, 우유, 커피, 과일주스, 아밀레이스).
- 통제 변인 : 알약과 반응하는 용액의 부피, 물의 온도 등.

- 종속 변인 : 알약의 완전 분해 시간(분).

2. 연구 과정 및 연구 결과

실험 1. 아밀레이스 알약 분해 실험

① 온도가 약 40°C가 될 때까지 물을 끓인다.
② 4개의 시험관을 준비하고 각 시험관에 알약을 각각 담는다(오메가3, 프로폴리스, 미네랄비타민, 프로바이오틱스).
③ 각 시험관에 아밀레이스를 스포이트로 3번 넣어준다.
④ 온도 유지를 위해서 시험관을 비커에 넣은 뒤, 각 시험관의 알약이 있는 부분이 채워질 때까지 비커에 가열한 물을 붓는다.
⑤ 각 시험관 속 알약의 코팅이 완전히 분해될 때까지 5분 간격으로 확인한다.

실험 1 결과

표 1 아밀레이스에 의한 알약의 분해 시간

알약의 종류	오메가3	프로폴리스	미네랄비타민	프로바이오틱스
분해 시간	35분	30분	30분	45분 이상

프로바이오틱스는 60분이 지나도 잘 분해되지 않았으며, 프로폴리스 및 미네랄비타민은 약 30분 후에 분해되었다. 오메가3의 경우에는 35분 가량이 소요되었다. 아밀레이스는 소화 효소이기 때문에 오메가3의 젤라틴 코팅이 35분 만에 분해되고, 프로폴리스와 미네랄비타민이 일찍 분해된 것으로 파악된다. 프로바이오틱스의 경우 아밀레이스에 의해

서 잘 분해되지 않았다. 프로바이오틱스가 장에서 분해되도록 만들어져 있기 때문인 것 같다.

실험 2. 인공장액 알약 분해 실험

① KH_2PO_4 27.2g과 NaOH 8.0g에 증류수를 넣어 1L의 인공장액을 제조한다.
② 온도가 약 40°C가 될 때까지 물을 끓인다.
③ 4개의 시험관을 준비하고 각 시험관에 알약을 각각 담는다(오메가3, 프로폴리스, 미네랄비타민, 프로바이오틱스).
④ 각 시험관에 인공장액을 스포이트로 3번 넣어준다.
⑤ 온도 유지를 위해서 시험관을 비커에 넣은 뒤, 각 시험관의 알약이 있는 부분이 채워질 때까지 비커에 가열한 물을 붓는다.
⑥ 각 시험관의 알약의 코팅이 완전히 분해될 때까지 5분 간격으로 확인한다.

실험 2 결과

표 2 인공장액에 의한 알약의 분해 시간

알약의 종류	오메가3	프로폴리스	미네랄비타민	프로바이오틱스
분해 시간	40분	30분	30분	40분

오메가3는 약 40분, 프로폴리스 및 미네랄비타민은 약 30분, 프로바이오틱스는 약 40분 만에 녹았다. 알칼리성 액체인 인공장액에서 프로폴리스가 가장 잘 녹았다.

실험 3. 인공위액 알약 분해 실험

① NaCl 2.0g에 HCl과 증류수를 넣어 1L의 인공위액을 제조한다.
② 온도가 약 40°C가 될 때까지 물을 끓인다.
③ 4개의 시험관을 준비하고 각 시험관에 알약을 각각 담는다(오메가3, 프로폴리스, 미네랄비타민, 프로바이오틱스).
④ 각 시험관에 인공위액을 스포이트로 3번 넣어준다.
⑤ 온도 유지를 위해서 시험관을 비커에 넣은 뒤, 각 시험관의 알약이 있는 부분이 채워질 때까지 비커에 가열한 물을 붓는다.
⑥ 각 시험관의 알약의 코팅이 완전히 분해될 때까지 5분 간격으로 확인한다.

실험 3 결과

표 3 인공위액에 의한 알약의 분해 시간

알약 종류	오메가3	프로폴리스	미네랄비타민	프로바이오틱스
분해 시간	15분	35분	35분	50분 이상

프로폴리스와 미네랄비타민은 약 35분 만에 분해되었으며, 오메가3는 15분 만에 분해되었다. 프로바이오틱스는 50분이 지나도 분해되지 않았다. 오메가3는 산성도가 높을수록 더 잘 분해되며, 프로폴리스와 미네랄비타민은 액성에 관계없이 모두 잘 녹는다는 것을 이 실험으로 알 수 있었다. 프로바이오틱스의 경우 장에서 분해되도록 만들어져서 그런지 산성도가 높은 인공위액에서는 잘 녹지 않았다.

실험 4. 우유에서의 알약 분해 실험

① 온도가 약 40°C가 될 때까지 물을 끓인다.
② 4개의 시험관을 준비하고 각 시험관에 알약을 각각 담는다(오메가3, 프로폴리스, 미네랄비타민, 프로바이오틱스).
③ 각 시험관에 우유를 스포이트로 3번 넣어준다.
④ 온도 유지를 위해서 시험관을 비커에 넣은 뒤, 각 시험관의 알약이 있는 부분이 채워질 때까지 비커에 가열한 물을 붓는다.
⑤ 각 시험관의 알약의 코팅이 완전히 분해될 때까지 5분 간격으로 확인한다.

실험 4 결과

표 4 우유에 의한 알약의 분해 시간

알약 종류	오메가3	프로폴리스	미네랄비타민	프로바이오틱스
분해 시간	60분 이상	50분	50분	60분 이상

프로폴리스, 미네랄비타민는 50분 만에 녹았으나, 오메가3와 프로바이오틱스는 1시간이 지나도 녹지 않았다. 우유는 알칼리성 용액이지만 액성과 별개로 다른 성분들이 있어서 분해에 부정적 영향을 주어, 오메가3와 프로바이오틱스가 잘 녹지 않은 것이라 판단하였다.

실험 5. 우유 이외의 음료들에서 알약 분해 실험

① 온도가 약 40°C가 될 때까지 물을 끓인다.
② 16개의 시험관을 준비하고 각 시험관에 알약을 각각 담는다(오메

가3, 프로폴리스, 미네랄비타민, 프로바이오틱스).

③ 각 시험관에 주스와 인공위액 혼합용액, 주스와 인공장액 혼합용액, 커피와 인공위액 혼합용액, 커피와 인공장액 혼합용액을 스포이트로 3번 넣어준다.

④ 온도 유지를 위해서 시험관을 비커에 넣은 뒤, 각 시험관의 알약이 있는 부분이 채워질 때까지 비커에 가열한 물을 붓는다.

⑤ 각 시험관의 알약의 코팅이 완전히 분해될 때까지 5분 간격으로 확인한다.

실험 5 결과

표 5 혼합용액에서의 알약의 분해 시간

	오메가3	프로폴리스	미네랄비타민	프로바이오틱스
주스+위액 (pH 4.15)	분해되지 않음	35분	20분	65분
주스+장액 (pH 8.06)	분해되지 않음	35분	20분	50분
커피+위액 (pH 5.89)	40분	25분	20분	50분
커피+장액 (pH 7.95)	분해되지 않음	25분	20분	45분

프로폴리스, 미네랄비타민의 경우, 이전 실험들과 마찬가지로 액성에 따라 큰 차이를 보이지는 않았다. 프로바이오틱스의 경우, pH가 높은 알칼리성 용액에서 더 잘 녹았다. 이것은 프로바이오틱스가 알칼리성이 강한 장에서 흡수되어야 하기 때문인 것으로 판단된다. 오메가3의 경우,

젤라틴 코팅정이기 때문에 펩신, 펩티데이스, 트립신과 같은 소화 효소를 통해 분해될 수 있는데, 이러한 효소가 없었기에 잘 분해되지 않은 것 같다.

3. 각 연구 결과 정리

(1) 오메가3

표 6 여러 가지 용액에서의 오메가3의 분해 시간

	아밀레이스	인공 장액	인공 위액	우유	주스 +위액	주스 +장액	커피 +위액	커피 +장액
분해 시간 (분)	35	40	15	100 이상	100 이상	100 이상	40	100 이상

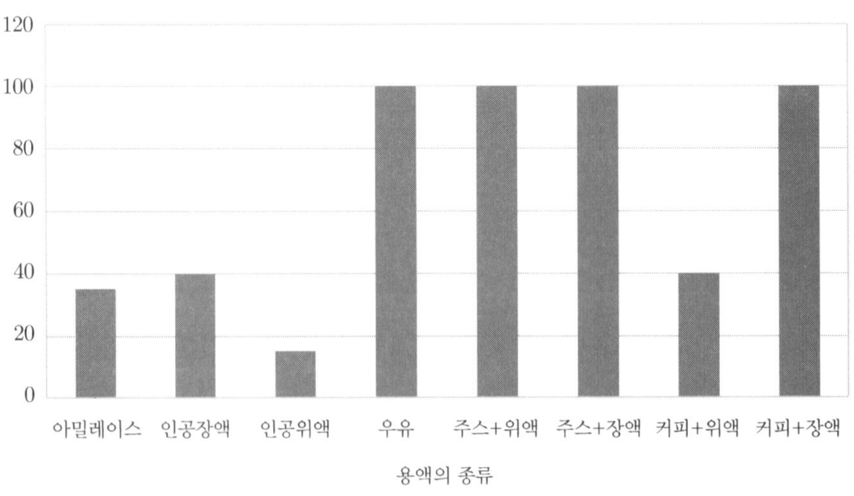

그림 2 여러 가지 용액에서의 오메가3의 분해 시간 비교(분)

오메가3는 젤라틴 코팅정이다. 상대적으로 알칼리성이 강한 인공장액에서는 분해가 오래 걸리지만, 산성도가 높은 인공위액이나 다른 음료들과 반응했을 때 분해 시간이 40분을 넘기지 않았다.

(2) 프로폴리스

표 7 여러 가지 용액에서의 프로폴리스의 분해 시간

	아밀레이스	인공장액	인공위액	우유	주스+위액	주스+장액	커피+위액	커피+장액
분해 시간(분)	30	30	35	50	35	35	25	25

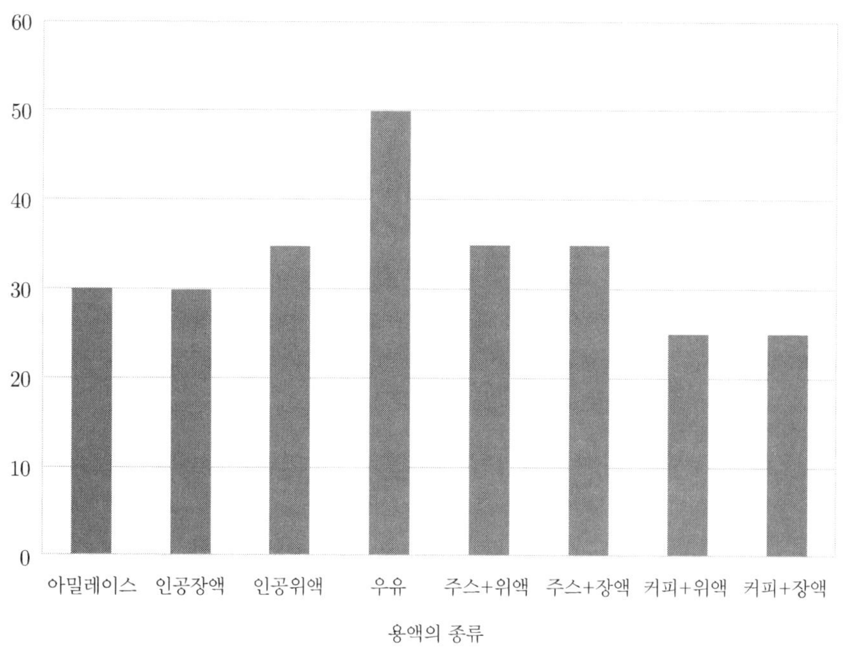

그림 3 여러 가지 용액에서의 프로폴리스의 분해 시간 비교(분)

프로폴리스와 같은 영양제는 영양소가 소장에서 흡수되어야 하므로 필름 코팅이 되어있기는 하지만, 영양제라는 면에서 코팅의 질이 의약품보다는 떨어져서 그런지 액성에 상관없이 모두 50분 이내로 분해되었다.

(3) 미네랄비타민

표 8 여러 가지 용액에서의 미네랄비타민의 분해 시간

	아밀레이스	인공 장액	인공 위액	우유	주스 +위액	주스 +장액	커피 +위액	커피 +장액
분해 시간 (분)	30	30	35	50	20	20	20	20

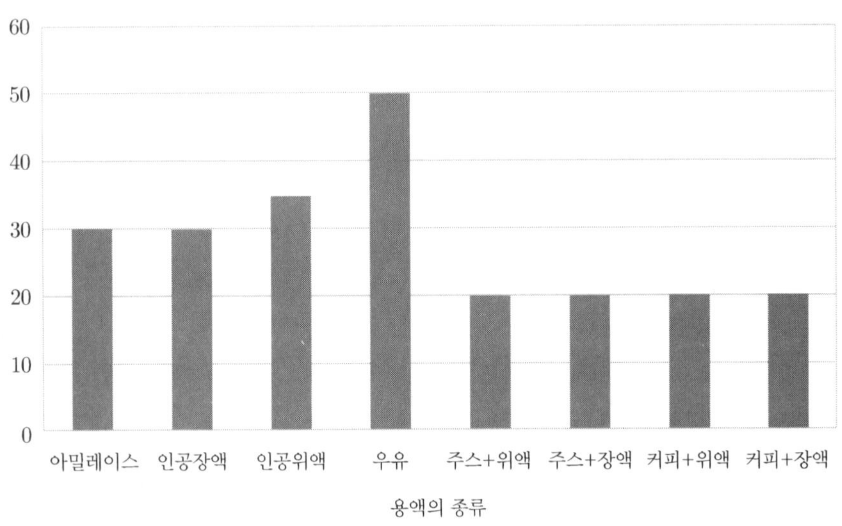

그림 4 여러 가지 용액에서의 미네랄비타민의 분해 시간 비교(분)

미네랄비타민의 경우에도 필름 코팅이 되어있기는 하지만, 영양제라는 면에서 코팅의 질이 의약품보다는 떨어져서 그런지 액성에 상관없이 모두 50분 이내로 분해되었다.

(4) 프로바이오틱스

표 9 여러 가지 용액에서의 프로바이오틱스의 분해 시간

	아밀레이스	인공장액	인공위액	우유	주스+위액	주스+장액	커피+위액	커피+장액
분해 시간(분)	100 이상	40	100 이상	100 이상	65	50	50	45

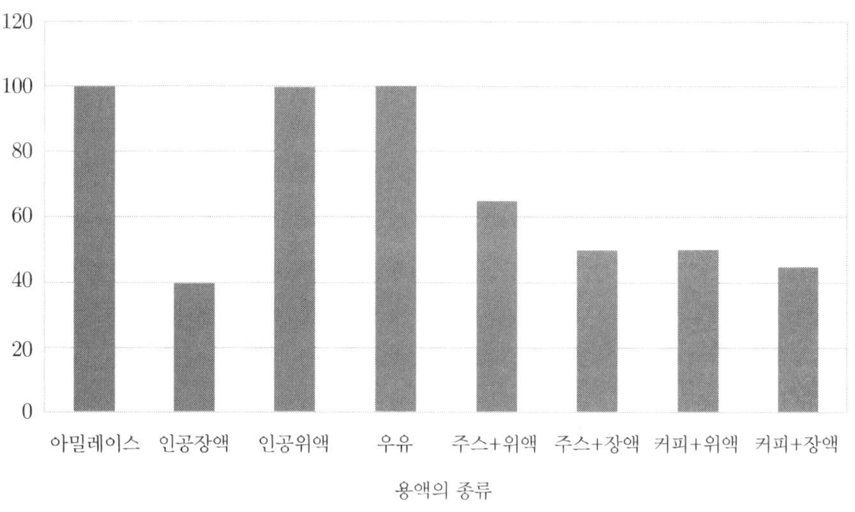

그림 5 여러 가지 용액에서의 프로바이오틱스의 분해 시간 비교(분)

프로바이오틱스는 장용 코팅정이므로 위에서는 코팅이 분해가 안되고 소장에서 함유 성분이 노출되도록 설계되어 있다. 따라서 알칼리성

이 높은 인공장액이 포함된 용액에서 상대적으로 잘 녹았으며, 산성도가 높은 용액에서는 잘 녹지 않았다.

III. 결론 및 제언

1. 결론

프로바이오틱스와 같은 장용정의 경우, 장에서 녹아야 하기에 용액의 알칼리성이 강할수록 더 효율적으로 분해되었으며, 오메가3와 같은 젤라틴 코팅정의 경우, 담즙산 등과 같은 소화 효소에 의해서 녹으므로 산성도가 높을수록 분해가 더 용이하게 일어났다.

프로폴리스 및 미네랄비타민의 경우에는 비록 필름 코팅이 되어있었지만 필름 코팅이 얇아 액성에 상관없이 모두 잘 분해되었다.

이 결과로 보아, 장용정인 프로바이오틱스는 장에서 녹아야 하므로 섭취 시 씹어 먹으면 안 되며, 이는 미네랄비타민, 프로폴리스의 경우에도 해당된다.

평소 물 이외의 음료와는 함께 섭취하지 말라는 통념과 다르게 순전히 액성에 따른 분해만을 보았을 때, 프로폴리스나 미네랄비타민의 경우에는 분해가 섭취 음료와 크게 연관성이 없는 것으로 보이고, 대신 프로바이오틱스와 같은 장용정의 경우, 분해되는 것만을 고려했을 때, 알칼리성 음료와 함께 먹는 것이 효과적이라는 결론을 도출할 수 있었다.

2. 제언

본 연구에서는 인공위액 제조 시 펩신 첨가를 하지 않았고, 인공 소장액 제조 시 판크레아틴 첨가를 하지 않았으며, 또한 기계적 소화를 배제하고 진행하였기에 실제 소화와 차이가 존재할 수 있다. 다음 연구에서는 이러한 점들까지 고려하여 실험을 하여, 실제 인체에 맞는 연구 결과가 나올 수 있도록 하려 한다. 이 연구를 통해 정확한 약물 복용법 및 의약품 복용 시 주의해야 할 점에 대해 숙지하고 이해하는 문화가 형성되기를 기대한다.

IV. 참고 문헌

강환웅 (2015). 성인 6명 중 1명은 약물 오남용하고 있다, 한의신문, 2015년 10월 14일 수정, 2024년 01월 04일 방문, https://www.akomnews.com/bbs/board.php?bo_table=news&wr_id=2361

곽성순 (2019). 의약품 오남용 심각…약물중독 환자 최근 5년간 7만 7000명, 청년의사, 2019년 08월 19일 수정, 2024년 01월 24일 방문, http://www.docdocdoc.co.kr/news/articleView.html?idxno=1071365

이수민 (2022). 안아프려고 먹는것 아니다, 2030 '영양제 열풍' 좀 다른 이유, 중앙일보, 2022년 01월 24일 수정, 2024년 01월 24일 방문, https://www.joongang.co.kr/article/25042943#home

Bukey, F. S. & Rhodes, P. A. (1935). Comparative Study of Enteric Coating, J. Am. Pharm, 24, 567-570.

Worton, A. G., Kempf, G. F., Burrin, P. L. & Bibbins, F. E. (1938). A New Enteric Coating and A Laboratory Method for Its Control, J. Am. Pharm, 27, 21-28.

주미, 현복진, 김운학 & 김옥녀 (1998). 가톨릭대학교 성모병원 약제과, 의과대학 약리학교실, Acyclovir 정제의 용출 실험 및 함량균일성 평가, 병원약사회지, 15 (4), 541-545.

장용성 코팅 [enteric coating]. 네이버 지식백과, 화학백과, https://terms.naver.com/entry.naver?docId=6173343&cid=62802&categoryId=62802

장액 [intestinal juice]. 네이버 지식백과, 두산백과 두피디아, https://terms.naver.com/entry.naver?docId=1138575&cid=40942&categoryId=32312

위액 [gastric juice]. 네이버 지식백과, 두산백과 두피디아, https://terms.naver.com/entry.naver?docId=1131849&cid=40942&categoryId=32312

빅데이터 분석을 이용해 집중호우 예측하기

○○고등학교 장○○

I. 서론

1. 연구 동기 및 목적

2022년 여름 집중호우로 인해 우리나라는 많은 피해를 입었다. 많은 피해를 입게 된 주원인은 평소보다 더 많은 강수량으로 인해 그에 대한 대처를 하지 못한 것일 것이다.

과거 강수량 데이터를 통해 강수량을 예측하는 프로그램을 만든다면 집중호우의 예측을 할 수 있을 것 같다는 생각에 지난 10년간 강수량을 분석하게 되었다.

2. 이론적 배경

(1) 집중호우

비교적 좁은 지역에 짧은 시간 동안 내리는 많은 양의 비를 호우 또는 폭우(暴雨)라고도 한다. 일반적으로 1시간 강우량이 30mm를 넘을 때 집중호우라고 정의한다. 보통 장마나 태풍이 오는 경우, 집중호우의 가능성이 크기 때문에 날씨 뉴스에서 '시간당 강수량'을 알려준다.

하루 강수량이 연 강수량의 10% 이상일 때를 집중호우라고 하기도 하며, 우리나라에서는 24간에 80mm 이상의 강우가 예상되면 호우 주의보를 내리고 150mm 이상이 예상되면 호우경보를 내린다.

(2) 강수량에 따른 의미와 체감

① 시간당 5mm : 장시간 노출되어야 옷이 젖을 정도로 아주 약한 비.

② 시간당 10mm : 도로에 물웅덩이가 생기고 빗소리가 들리는 정도.

③ 시간당 20mm : 우산이 소용없고 배수가 잘 되지 않는 곳은 비 피해의 가능성이 있음. 앞이 잘 보이지 않을 정도로 시야가 좋지 않기 때문에 운전하는 것도 위험할 수 있음.

④ 시간당 30mm : 이때부터 집중호우로 볼 수 있으며, 도로가 금세 잠기고 하수구가 넘쳐 역류가 발생할 수 있음.

(3) 빅데이터 분석

① 데이터 분석 : 데이터 분석은 수집된 정보를 검토하고 해석하여 유용한 통찰력을 도출하는 과정을 의미한다. 이는 주로 패턴, 동향, 관계 등을 파악하고 의사 결정에 도움을 주는 목적으로 이루어진다. 데이터 분석은 통계적인 방법, 머신러닝, 데이터 마이닝 등 다양한 기술을 활용하여 정보를 추출하고, 가치 있는 인사이트를 얻는 과정으로 진행된다. 데이터 분석은 이비즈니스, 과학, 의료, 정부 등 다양한 분야에서 활용되며, 기업이나 조직이 전략을 수립하고 문제를 해결하는 데에 중요한 역할을 한다.

② 빅데이터 : 디지털 환경에서 생성되는 데이터로 그 규모가 방대하

고, 생성 주기도 짧고, 형태도 수치 데이터뿐만 아니라 문자와 영상 데이터를 포함하는 대규모 데이터를 말한다(네이버 지식백과).

③ 예측 모형 : 확보된 자료를 이용해 예측을 위한 모델을 만들고 훈련하여, 새로운 데이터에 대해 예측을 할 수 있도록 하는 것이다. 과거의 기상 데이터를 통해, 앞으로의 일기를 예보하는 모델 역시 예측 모형이다.

④ RNN : RNN(Recurrent Neural Network)은 시간이나 순서에 따른 데이터를 처리하는 모델이다. 이것은 뇌가 시간에 따라 발생하는 일련의 사건을 이해하는 것과 같다. 이 모델은 현재의 입력을 처리하면서 이전 단계에서 나온 정보를 사용해 그 다음 단계로 넘어간다. 예를 들어, 문장을 단어 단위로 읽는다고 가정했을 때, RNN은 각 단어를 처리할 때마다 그동안 본 내용을 고려하면서 처리한다. 그래서 "나는 학교에 갔다"라는 문장을 읽을 때, "갔다"를 처리할 때까지 앞에 나온 "나는 학교에"의 정보를 계속 사용한다. 그러나 RNN은 긴 문장을 처리할 때, 정보를 전달하는 데 한계가 있다. 이것을 해결하기 위해 LSTM과 같은 발전된 모델들이 나오게 되었다.

⑤ LSTM : LSTM(Long Short-Term Memory)은 마치 컴퓨터가 강화된 기억력을 가진 뇌처럼 동작하는 모델이다. 기존의 RNN이 정보를 한 방향으로 순차적으로 처리하는 데 한계가 있었다면, LSTM은 이전에 나온 정보를 장기 기억과 단기 기억으로 나눠서 더 효과적으로 활용한다. 이 모델은 현재 입력을 처리할 때, 중요한 정보는 장기 기억에 오래 저장하고, 필요 없는 정보는 단기 기억에 일시적으로 저장한다. 따라서 긴 문장이나 복잡한 데이터

에서도 중요한 패턴을 놓치지 않고 잘 기억할 수 있다. LSTM은 긴 시나리오를 이해하면서도 핵심적인 부분을 기억하는 것과 같은 스마트한 방식으로 학습을 한다. 그렇기 때문에 RNN보다는 더 복잡하고 효과적인 데이터 처리가 가능하다.

⑥ RMSE : RMSE(Root Mean Square Error)는 "평균 제곱근 오차"로, 예측한 값과 실제 값 사이의 차이를 나타내는 지표이다. 예측한 값과 실제 값 간의 차이를 구해서 그 차이들의 평균값을 구하고, 그 평균값의 제곱근을 구하는 것이다. RMSE가 작을수록 예측이 정확하다고 할 수 있다. 즉, 모델이 얼마나 잘 예측을 했는지 나타내는 중요한 지표라고 할 수 있다.

II. 본론

1. 연구 과정

2012년부터 2022년까지의 강수량 빅데이터 분석을 이용하여 2023년 집중호우 예측하기

① 기상 자료 개방 포털 https://data.kma.go.kr/cmmn/main.do을 이용하여 지역을 전국으로 제한해서 1973년 1월 1일, 최초의 자료부터 2023년 12월 31일까지의 일별 강수량 데이터를 수집한다(https://data.kma.go.kr/stcs/grnd/grndRnList.do?pgmNo=69).

② 강수량 데이터 입력을 한다.

Data

In [1]:
```
import pandas as pd
import matplotlib.pyplot as plt
```

In [2]:
```
raw = pd.read_csv("rn_20240102090620.csv", encoding='cp949', skiprows=6)

raw.columns = ['date', 'region', 'precipitation']
raw.index = raw['date']
raw['year'] = raw['date'].str[:4].apply(pd.to_numeric)
```

In [3]:
```
raw
```

Out [3]:

date	date	region	precipitation	year
1973-01-01	1973-01-01	전국	0.3	1973
1973-01-02	1973-01-02	전국	1.1	1973
1973-01-03	1973-01-03	전국	0.7	1973
1973-01-04	1973-01-04	전국	0.0	1973
1973-01-05	1973-01-05	전국	0.0	1973
...	...	...	...	...
2023-12-27	2023-12-27	전국	0.0	2023
2023-12-28	2023-12-28	전국	0.0	2023
2023-12-29	2023-12-29	전국	0.0	2023
2023-12-30	2023-12-30	전국	3.0	2023
2023-12-31	2023-12-31	전국	3.2	2023

18627 rows × 4 columns

In [4]:
```
rain2012_2023 = raw.loc[2012 <= raw['year'], ['precipitation']]
rain2012_2021 = raw.loc[(raw['year'] <= 2021) & (2012 <= raw['year']), ['precipitation']]
rain2022_2023 = raw.loc[2022 <= raw['year'], ['precipitation']]
```

③ 최근 기상 이변 현상으로 50년 전 강수량 데이터는 의미가 없을 것이라 판단하여 최근 10년의 데이터만 이용하기로 하였다.

④ 연도 별로 구분하여, 2012년부터 2021년까지의 10년간의 데이터를 훈련 데이터로, 2022년부터 2023년의 2년간의 데이터를 테스트 데이터로 사용한다.

Train-test split

In [5]:
```
train = rain2012_2021.values.astype('float32')
test = rain2022_2023.values.astype('float32')
```

In [6]:
```
import torch

def create_dataset(dataset, lookback):
    X, y = [], []
    for i in range(len(dataset)-lookback):
        feature = dataset[i:i+lookback]
        target = dataset[i+1:i+lookback+1]
        X.append(feature)
        y.append(target)
    return torch.tensor(X), torch.tensor(y)
```

In [7]:
```
device = torch.device('cuda')
```

In [8]:
```
lookback = 7
X_train, y_train = create_dataset(train, lookback=lookback)
X_test, y_test = create_dataset(test, lookback=lookback)

X_train = X_train.to(device)
y_train = y_train.to(device)
X_test = X_test.to(device)
y_test = y_test.to(device)

print(X_train.shape, y_train.shape)
print(X_test.shape, y_test.shape)
```

```
torch.Size([3646, 7, 1]) torch.Size([3646, 7, 1])
torch.Size([723, 7, 1]) torch.Size([723, 7, 1])
```

```
/tmp/ipykernel_490366/1615755666.py:10: UserWarning: Creating a tensor from a list o
f numpy.ndarrays is extremely slow. Please consider converting the list to a single
numpy.ndarray with numpy.array() before converting to a tensor. (Triggered internall
y at ../torch/csrc/utils/tensor_new.cpp:261.)
  return torch.tensor(X), torch.tensor(y)
```

⑤ 과거 7일간의 데이터로 앞으로의 7일 간의 데이터를 예측하도록 데이터를 구성하였다.

Training

In [9]:
```
import numpy as np
import torch.optim as optim
import torch.utils.data as data
import torch.nn as nn

class Model(nn.Module):
    def __init__(self):
        super().__init__()
        self.lstm = nn.LSTM(
            input_size=1,
            hidden_size=128,
            num_layers=2,
            batch_first=True,
            dropout=0.3
        )
        self.linear = nn.Linear(128, 1)
    def forward(self, x):
        x, _ = self.lstm(x)
        x = self.linear(x)
        return x

model = Model().to(device)
optimizer = optim.Adam(model.parameters())
loss_fn = nn.MSELoss()
loader = data.DataLoader(data.TensorDataset(X_train, y_train), shuffle=True, batch_s
ize=512)
n_epochs = 1000
for epoch in range(n_epochs):
    model.train()
    for X_batch, y_batch in loader:
        y_pred = model(X_batch)
        loss = loss_fn(y_pred, y_batch)
        optimizer.zero_grad()
        loss.backward()
        optimizer.step()

    if epoch % 100 != 0:
        continue
    model.eval()
    with torch.no_grad():
        y_pred = model(X_train).cpu()
        train_rmse = np.sqrt(loss_fn(y_pred, y_train.cpu()))
        y_pred = model(X_test).cpu()
        test_rmse = np.sqrt(loss_fn(y_pred, y_test.cpu()))
    print("Epoch %d: train RMSE %.4f, test RMSE %.4f" % (epoch, train_rmse, test_rm
se))
```

```
Epoch 0: train RMSE 9.1542, test RMSE 10.7766
Epoch 100: train RMSE 7.6072, test RMSE 9.3286
Epoch 200: train RMSE 6.8530, test RMSE 9.8293
Epoch 300: train RMSE 6.5058, test RMSE 9.8288
Epoch 400: train RMSE 6.2758, test RMSE 9.8635
Epoch 500: train RMSE 6.0854, test RMSE 9.8781
Epoch 600: train RMSE 5.9348, test RMSE 9.9834
Epoch 700: train RMSE 5.8041, test RMSE 10.0492
Epoch 800: train RMSE 5.7004, test RMSE 10.0015
Epoch 900: train RMSE 5.6507, test RMSE 10.0840
```

⑥ 예측 모형은 순차 데이터의 처리에 유용한 LSTM(long short-term memory)를 사용하였다. 실제값과 예측값 간의 오차 계산은 RMSE(root mean-squared error)를 이용하였고, 학습을 1000번 반복하여 이 오차를 줄여갔다.

Inference

In [10]:
```
with torch.no_grad():
    train_plot = np.ones_like(rain2012_2023) * np.nan
    y_pred = model(X_train).cpu()
    y_pred = y_pred[:, -1, :]
    train_plot[lookback:len(train)] = model(X_train).cpu()[:, -1, :]
    test_plot = np.ones_like(rain2012_2023) * np.nan
    test_plot[len(train)+lookback:len(rain2012_2023)] = model(X_test).cpu()[:, -1,
:]
```

In [12]:
```
len_rain2023 = sum(2023 <= raw['year'])
len_rain2023
```

Out[12]:
```
365
```

In [38]:
```
rain2012_2023['month'] = rain2012_2023.index.str[5:7]
rain2012_2023['year'] = rain2012_2023.index.str[:4]
rain2012_2023
```

Out [38]:

date	precipitation	month	year
2012-01-01	0.4	01	2012
2012-01-02	0.0	01	2012
2012-01-03	0.7	01	2012
2012-01-04	0.8	01	2012
2012-01-05	0.0	01	2012
...	...	...	...
2023-12-27	0.0	12	2023
2023-12-28	0.0	12	2023
2023-12-29	0.0	12	2023
2023-12-30	3.0	12	2023
2023-12-31	3.2	12	2023

4383 rows × 3 columns

In [60]:

```
test_plot = pd.DataFrame(test_plot)
test_plot['year'] = rain2012_2023.index.str[:4]
test_plot['month'] = rain2012_2023.index.str[5:7]
test_plot.index = rain2012_2023.index
test_plot
```

Out [60]:

date	0	month	year
2012-01-01	NaN	01	2012
2012-01-02	NaN	01	2012
2012-01-03	NaN	01	2012
2012-01-04	NaN	01	2012
2012-01-05	NaN	01	2012
...	...	...	...
2023-12-27	0.275169	12	2023
2023-12-28	-0.078030	12	2023
2023-12-29	1.750771	12	2023
2023-12-30	7.872089	12	2023
2023-12-31	3.050758	12	2023

4383 rows × 3 columns

In [33]:
```
months = list(np.unique(rain2012_2023.index.str[5:7]))
months
```

Out[33]: ['01', '02', '03', '04', '05', '06', '07', '08', '09', '10', '11', '12']

In [59]:
```
test_plot
```

Out[59]:

	0	month	year
0	NaN	01	2012
1	NaN	01	2012
2	NaN	01	2012
3	NaN	01	2012
4	NaN	01	2012
...	...	...	...
4378	0.275169	12	2023
4379	-0.078030	12	2023
4380	1.750771	12	2023
4381	7.872089	12	2023
4382	3.050758	12	2023

4383 rows × 3 columns

In [62]:
```
for month in months:
    plt.xticks(rotation=90)
    plt.plot(rain2012_2023.loc[(rain2012_2023['month']==month) & (rain2012_2023['yea
r']=='2023'), 'precipitation'], label='Actual')
    plt.plot(test_plot.loc[(test_plot['month']==month) & (rain2012_2023['year']=='20
23'), 0], label='Infered')
    plt.title(month)
    plt.legend()
    plt.show()
```

2. 연구 결과

2023년 여름인 6월, 7월, 8월, 9월 강수량을 월별로 예측한 결과와 실제 강수량의 비교는 다음과 같다.

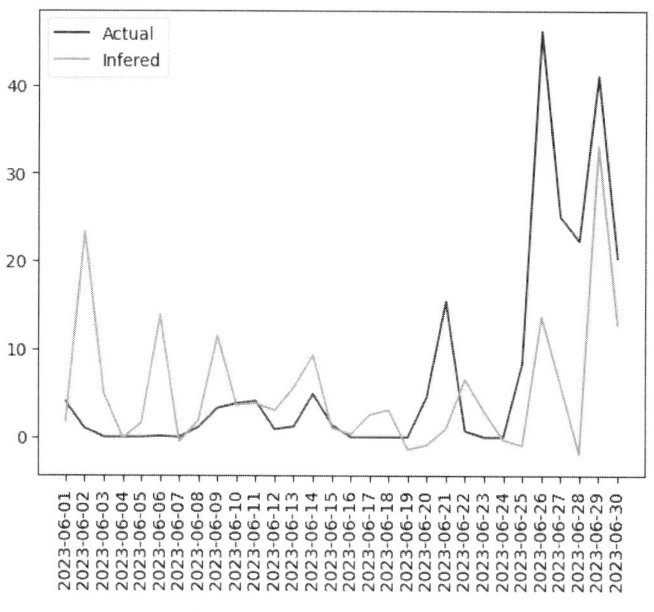

그림 1 2023년 6월 강수량 예측

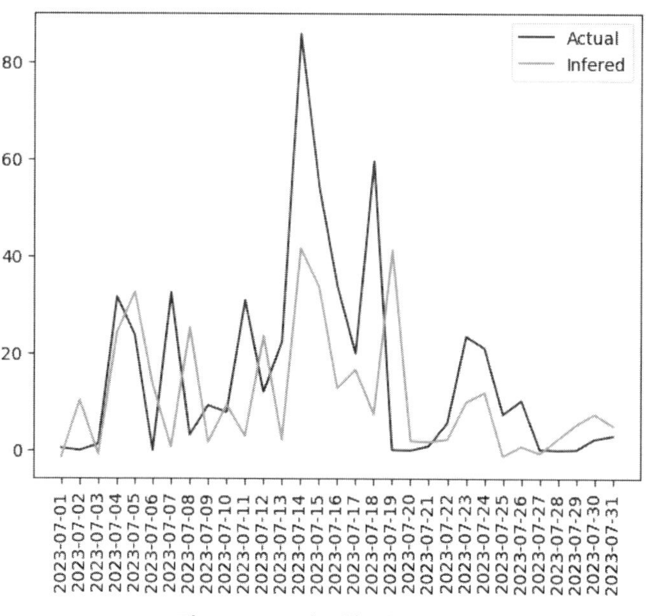

그림 2 2023년 7월 강수량 예측

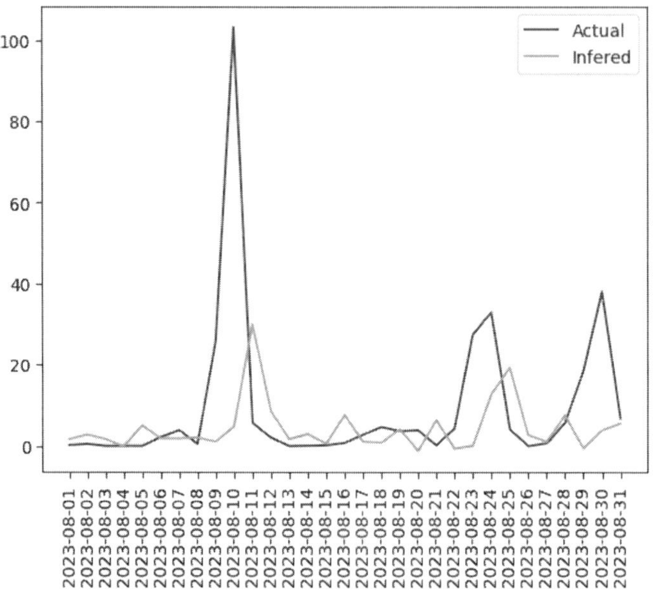

그림 3 2023년 8월 강수량 예측

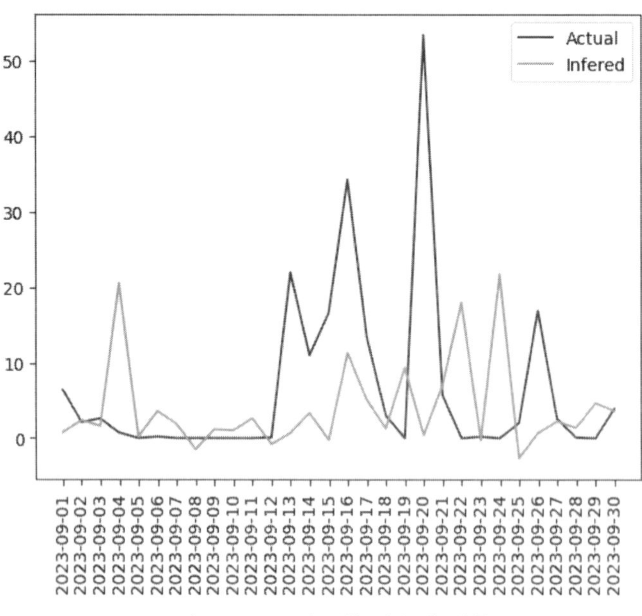

그림 4 2023년 9월 강수량 예측

III. 결론 및 제언

1. 결론

2012년부터 2022년까지 강수량 데이터를 이용하여 학습한 결과로, 2023년 강우량 데이터를 예측한 결과가 실제 강수량과 비교적 잘 일치하였다. 그 결과 집중호우가 오는 날을 데이터 분석으로 예상할 수 있다는 것을 확인할 수 있었다.1)

2. 제언

강수량 데이터를 좀 더 많이 모아서, 기후 변화와의 관계를 분석한다면, 기후 변화로 인한 집중호우를 예상할 수 있을 것이다.

이 연구에서는 집중호우 예상을 위한 강수량 데이터 분석의 변수가 강수량 한 가지이었는데, 변수가 두 가지 이상인 경우의 데이터 분석도 해 보아야겠다는 생각을 했다. 예를 들어, 인터넷 배달 앱으로 주문하는 물품의 종류와 물량에 대한 데이터를 분석한다면, 시기에 맞춰 생산해야 하는 물품의 종류와 수량을 예측할 수 있을 것이다.

IV. 참고 문헌

기상 자료 개방 포털
https://data.kma.go.kr/stcs/grnd/grndRnList.do?pgmNo=69

1) 데이터 분석 코딩은 삼성서울병원 미래의학연구원에 계시는 정호연 박사님이 도와주셨습니다. 도움에 감사드립니다.

빅데이터. 네이버 지식백과,
https://terms.naver.com/entry.naver?docId=1691554&cid=42171&categoryId=42183

에필로그 - 나의 대학원 생활

대학교에서 학생들을 가르치거나 연구를 하려면, 대학원을 졸업해야 한다. 대학교는 학부과정이라 하고, 대학원에는 석사과정과 박사과정이 있다. 예전에는 석사과정을 마쳐야 박사과정을 이수할 수 있었는데, 요즘에는 석박사 통합과정이 있어서 석사과정을 거치지 않고 박사과정으로 직접 들어가기도 한다. 학부과정은 잘 알려져 있듯이 기본 4년이다. 복수전공을 하거나 학부과정 중 휴학을 하는 경우에는 4년 이상의 시간이 걸리기도 한다.

석사과정은 보통 4학기, 즉 2년의 시간이 소요된다. 그런데 석사과정이나 박사과정에서는 논문을 작성하고 논문이 심사를 통과해야 졸업이 가능하기 때문에 논문 통과가 되지 않는 경우에는 석사과정이 4학기 이상 걸리기도 한다. 석사과정을 4년 만에 졸업한 학생을 본 적도 있다.

박사과정은 4학기 동안 수업을 수강하며 24학점을 이수하고, 약 4~6학기 동안 연구에 집중하여 논문을 작성한 후, 논문 심사를 받고 졸업한다. 대략 짧게는 4년, 보통은 5년의 시간이 걸린다. 그러나 이보다 오래 걸리는 경우가 적지 않다. 연구만 4년 넘게 하는 경우도 많다. 7년 동안 박사과정을 지낸 후, 손에 남게 된 것이 논문집 한 개라 허탈하다는 분도 있었다.

나는 박사학위를 20년 만에 받았다. 그 기간 동안, 대학원 연구실에 있기도 했고, 짧게 직장에도 다녔다. 박사학위 심사를 통과한 후, 논문을 제본해서 대학교 은사님께 드리러 갔을 때, 은사님은 나에게

"너가 졸업을 한 건, 미라클이야!"

라며, 눈을 찡끗하며 웃으셨다.

박사과정에 입학했을 때, 그 교수님은 나에게

"과연, 축하해 줄 일인지 모르겠다."

라고 하셨다. 그리고는 결국에 나의 기적같은 졸업을 축하해 주셨다.

지금 이 책을 읽고 있는 고등학생 중에 대학원 진학에 대해 관심이 있거나 장래에 교수가 될 꿈을 가지고 있는 학생도 있을 것이다. 내가 그랬던 것처럼 박사과정에 입학하면 한 번쯤은 후회가 들 수도 있고, 자신감이 떨어져 연구를 할 수 없을 것만 같은 순간이 올 수도 있다. 그런데 결론은 한번 공부를 시작했으면, 졸업을 해야 한다는 것이다. 그러니 박사과정에 입학한 분은 포기하지 말고 끝까지 가기를 바란다.

논문을 쓸 때에는 아무도 도와줄 수가 없다. 본인 이외에 그 논문의 결론을 적을 수 있는 사람은 없다. 그 관문을 통과하고 나면, 그전에 가졌던 모든 의구심이 사라지고 인생의 새로운 출발점에 서게 될 것이다.

수시전형

과학과제연구 소논문 쓰기

초판 1쇄 인쇄 | 2024년 10월 10일
초판 1쇄 발행 | 2024년 10월 15일

지은이 | 이 성 은
펴낸이 | 조 승 식
펴낸곳 | (주)도서출판 북스힐

등 록 | 1998년 7월 28일 제 22-457호
주 소 | 서울시 강북구 한천로 153길 17
전 화 | (02) 994-0071
팩 스 | (02) 994-0073

홈페이지 | www.bookshill.com
이메일 | bookshill@bookshill.com

정가 15,000원

ISBN 979-11-5971-621-8

Published by Books Hill, Inc. Printed in Korea.